少年读
太平广记 ④

[宋]李昉 等编撰　杨柏林　刘春艳 编译　精美插图版

贵州大学出版社
Guizhou University Press

少年读

太平广记

刘孝仪

 原文诵读

梁刘孝仪食鲭鲊（zhēng zhǎ）曰："五侯九伯，今尽征之。"魏使崔劼、李骞在坐。劼曰："中丞之任，未应已得分陕。"骞曰："若然，中丞四履，当至穆陆陵。"孝仪曰："邺中鹿尾，乃酒肴之最。"劼曰："生鱼熊掌，孟子所称。鸡跖猩唇，吕氏所问。鹿尾乃有奇味，竟不载书籍，每用为恨。"孝仪曰："实自如此，或古今好尚不同。梁贺季曰：'青州蟹黄。乃为郑氏所记。'此物不书，未解所以。"骞曰："郑亦称益州鹿㲄，但未是尾耳。"（出《酉阳杂俎》）

 **译文**

南朝梁的刘孝仪吃了腌制的鲭鱼后说："五侯九伯现在都应征伐夺取它。"魏国的使臣崔劼、李骞在座。崔劼说："中丞这样的官员，不应当早就到下边任地方的要员了。"李骞说："如果这样，刘中丞的四只脚，应当踏在穆陆陵的大地上！"刘孝仪说："邺中的鹿尾，是最好的下酒菜！"崔劼说："生鱼熊掌，孟子称道。鸡爪猩唇，吕不书最爱。鹿尾有奇味，竟然书籍上没有记载，每次吃它的时候都觉得非常遗憾。"刘孝仪说："确

实是如此,这大概是古人和今人喜好的不一样。梁贺季说过:'青州的蟹黄,是郑玄将它记载在书中的。'鹿尾没有记在里面,不知道为什么。"李骞说:"郑氏也称赞过益州的鹿㮵,但不是鹿尾罢了。"

 读后感悟

中国之大,物产丰富,各地美食层出不穷。

交友

竹林七贤

 **原文诵读**

陈留阮籍、谯国嵇康、河内山涛,三人年相比。预此契者,沛国刘伶、陈留阮咸、河内向秀、琅琊王戎。七人常集于竹林之下,肆意酣畅。世谓之"竹林七贤"。(出《世说新语》)

 **译文**

陈留人阮籍、谯国人嵇康、河内人山涛,三个人年龄近。与此相同的还有沛国人刘伶、陈留人阮咸、河内人向秀、琅琊人王戎。他们七个人常常在竹林下面聚会,尽情畅饮。世人称他们为"竹林七贤"。

 读后感悟

魏晋易代之际,社会动荡,文士无施展才华之地,因此崇尚老庄哲学,寻找精神寄托,"竹林七贤"是其代表。

嵇康

 原文诵读

嵇康素与吕安友,每一相思,千里命驾。安来,值康不在。兄喜出迎,安不前。题门上作"凤"字而去,喜不悟。康至云:"凤凡鸟也。"(出《语林》)

 **译文**

嵇康一向与吕安交好,每当他想念吕安时,即使在千里之外也让人驾车前去。一次,吕安来看嵇康,正好嵇康不在。嵇康的哥哥嵇喜出来迎接他,吕安却没有向前,只在门上写了一个"凤"字就离开了,嵇喜不明白什么意思。嵇康回来后说:"'凤'是凡鸟啊。"

 读后感悟

凡鸟,比喻庸才,即所谓凡夫俗子。此处吕安讥嵇喜为凡夫。

山涛

原文诵读

　　山涛与嵇、阮一面，契若金兰。山妻韩氏觉涛与二人异于常交，问之。涛曰："当年可以友者，唯此二人。"妻曰："负羁之妻，亦亲观赵狐。意欲窥之，可乎？"涛曰："可。"他日二人来，劝涛止之宿，具酒食。妻穿墙视之，达旦忘返。涛入曰："二人何如？"曰："君才致不如，正当以识度耳。"涛曰："伊辈亦以我识度为胜。"（出《世说新语》）

译文

　　山涛与嵇康、阮籍见了一面，他们的友谊就非常投合。山涛的妻子韩氏觉得山涛对待二人与对一般人不一样，询问山涛。山涛对她说："结识的当年之内就可以成为朋友的，只有这两个人。"韩妻说："负羁的妻子，也曾亲眼观看赵狐。我想偷偷看看你的这两位朋友，可以吗？"山涛说："可以。"后来嵇康、阮籍来看望山涛，韩氏劝说山涛留他们在家中住下，并准备了酒食。这天晚上，韩氏从墙洞里观看他们三人饮酒畅谈，一直看到第二天早晨都忘了离开。山涛进屋里说："这两位怎么样？"韩氏说："你的才华不及他们二人，见识倒是差不多的。"山涛说："他们也认为我以见识胜出。"

 读后感悟

　　山涛与嵇康、阮籍皆一时才俊，山涛妻韩氏亦能识人。三人惺惺相惜，互有长短。

奢侈

石崇

 **原文诵读**

晋石崇与王恺争豪。晋武帝,恺甥也,尝以一珊瑚树与恺,高二尺许,枝柯扶疏,世间罕比。恺以示崇。崇视讫,举铁如意击碎之,应手丸裂。恺甚惋惜,又以为嫉己之宝,声色方厉,崇曰:"不足恨,今还卿。"乃命左右,悉取珊瑚树。有高三尺,条干绝俗,光彩溢目者六七枚。如恺比者甚众。恺怅然自失。(出《世说新语》)

 ## 译文

晋朝的石崇跟王恺斗富。晋武帝是王恺的外甥,曾经赏给王恺一株珊瑚树,高二尺左右,枝干参差扶疏,人世间少有能跟这株相比的。王恺将这株珊瑚树拿出来给石崇看,石崇举起铁如意将它砸得粉碎,手到之处就像是击中鸟卵一样迸裂。王恺特别惋惜,又认为石崇是嫉妒自己有这株珊瑚宝树,正要大发雷霆,石崇劝说道:"不值得遗憾,现在我还你一株。"于是命令仆人们,将家中的珊瑚树都取出来。其中有的高三尺左右,枝干生长得超出尘俗,光彩耀人眼目的有六七株。像王恺那样的珊瑚树很多。王恺怅然若失。

 ## 读后感悟

石崇、王恺二人斗富,矜耀夸饰,层出不穷,千百年后人与物俱灰飞烟灭。孔子云:"富贵于我如浮云。"诚哉斯言。

李德裕

 原文诵读

武宗朝,宰相李德裕奢侈。每食一杯羹,其费约三万。为杂以珠玉宝贝,雄黄朱砂,煎汁为之。过三煎则弃其柤。

(出《独异志》)

 译文

唐武宗时,宰相李德裕非常奢侈。他常食用的羹汤,一杯就大约花费三万钱。羹汤是掺杂珠玉等各种宝物,再加上雄黄、朱砂等,用火煎成汁液而做成的。煎过三次后就扔掉汤渣。

 读后感悟

李德裕以门荫入仕,身有大功,权贵之家,大约豪奢是常事,由不自觉吧。

谄佞

赵履温

原文诵读

唐赵履温为司农卿,谄事安乐公主。气势回山海,呼吸变霜雪。客谓张文成曰:"赵司农何如人?"曰:"猖獗小人。心佞而险,行僻而骄。折支势族,舐痔权门。谄于事上,傲于接下。猛若虣(bào)虎,贪如饿狼。性爱食人,终为人所食。"为公主夺百姓田园,造定昆池,言定天子昆明池也。用库钱百万亿。斜褰紫衫,为公主背挽金犊车。险诐皆此类。诛逆韦之际,上御承天门,履温诈喜,舞蹈称万岁。上令斩之,刀剑乱下,与男同戮。人割一脔,骨肉俱尽。(出《朝野佥载》)

译文

唐代的赵履温担任司农卿,谄媚侍奉安乐公主。他骄横的气势可以移山填海,他的呼吸可以变成霜雪。有客人询问张文成说:"司农卿赵履温是个什么样的人?"张文成说:"那是个猖狂的小人。心地奸佞阴险,行为乖僻骄横。俯首依附有势力的皇族,溜须拍马权势之家。对上谄媚,对下倨傲。像吃人的老虎一样凶猛,像饥饿的狼一样贪婪。天性喜欢吃人,终将

被人吃掉。"赵履温为安乐公主抢夺百姓的田园，修造定昆池，说是一定超过天子的昆明池。耗费国库中百万亿钱。赵履温斜着撩起紫衫，用手提着衣襟，亲自为公主俯身躬背拉着金牛车。他的谄邪不正，就如上面所说的那样。在玄宗皇帝起事诛除叛逆的韦氏家族时，玄宗登上承天门，赵履温假装欢喜，手舞足蹈地高呼万岁。皇上下命斩杀他，刀剑乱下，他与韦氏诸男一起被杀。在场的人一人割下他的一块肉，赵履温的骨肉全都被人割完。

 读后感悟

谄佞之人终无善报。

谬误

萧颖士

原文诵读

　　唐天宝初，萧颖士因游灵昌，远至胙(zuò)县南二十里。有胡店，店上有人多姓胡。颖士发县日晚，县寮(liáo)饮饯移时，薄暮方行。至县南三五里，便即昏黑。有一妇人年二十四五，着红衫绿裙，骑驴，驴上有衣服。向颖士言："儿家直南二十里。今归遇夜，独行怕惧，愿随郎君鞍马同行。"颖士问女何姓，曰："姓胡。"颖士常见世间说有野狐，或作男子，或作女人，于黄昏之际媚人。颖士疑此女即是野狐，遂唾叱之曰："死野狐，敢媚萧颖士。"遂鞭马南驰，奔至主人店，歇息解衣。良久，听见妇人，从门牵驴入来。其店叟曰："何为冲夜？"曰："冲夜犹可，适被一害风措大，呼儿作野狐，合被唾杀。"其妇人乃店叟之女也。颖士渐恧(nǜ)而已。（出《辨疑志》）

译文

　　唐玄宗天宝初年，萧颖士因为去灵昌游玩，来到胙县以南二十里的地方。这里有一家胡店，店里的人多数都姓胡。萧颖士从县城出发时，天已经很晚了。县里的官员为他设宴饯行

449

又用去了一段时间,到了傍晚时分才启程。出了县城向南走了三五里路,天色就昏黑了。有一位约二十四五岁的妇女,身穿红衫绿裙,骑着毛驴,驴身上有衣服。这位妇女对萧颖士说:"我家住在往南走二十里的地方。现在回家天色已晚,我一个人走路很害怕,希望跟着您一块儿赶路。"萧颖士问女子姓什么,女子回答说:"姓胡。"萧颖士常常听人们说有野狐狸精,有时变成男人,有时变成女人,在天傍黑时迷惑人。萧颖士疑心眼前的这个女郎就是野狐,于是唾骂说:"死野狐,你竟敢媚惑萧颖士?"立即打马向南奔跑,跑到胡家店,脱衣歇息。过了许久,听到那位少妇牵驴从大门进来。那店里的老人出屋问道:"为什么违禁夜行?"少妇回答说:"违禁就算了,适才在路上被一个害了疯狗病的人,叫我是野狐,还好没被他唾杀我。"这少妇原来是店主的女儿。萧颖士惭愧不已。

 读后感悟

此稗史小说虽未必真,然以心度之,心中无鬼自然不慎夜行。

治生

裴明礼

 原文诵读

唐裴明礼,河东人。善于理生,收人间所弃物,积而鬻之,以此家产巨万。又于金光门外,市不毛地。多瓦砾,非善价者。乃于地际竖标,悬以筐,中者辄酬以钱,十百仅一二中。未洽浃,地中瓦砾尽矣。乃舍诸牧羊者,粪既积。预聚杂果核,具犁牛以耕之。岁余滋茂,连车而鬻,所收复致巨万。乃缮甲第,周院置蜂房,以营蜜。广栽蜀葵杂花果,蜂采花逸而蜜丰矣。营生之妙,触类多奇,不可胜数。贞观中,自古台主簿,拜殿中侍御史,转兵吏员外中书舍人。累迁太常卿。（出《御史台记》）

 **译文**

唐朝人裴明礼,是河东人。他擅长料理生计,收取世间遗弃的东西,积攒后卖掉,因此家产巨万。裴明礼又在金光门外,买下一块不长庄稼的土地。这块土地有很多瓦砾,不是能卖上好价钱的地。裴明礼于是在这块地里竖立一根木杆,上面悬挂一个竹筐,让人捡地里的石头瓦砾往筐里投掷,投中的人奖励钱,许多人都被吸引来投掷。上千个投掷的人,仅有一二

个人能投中。还未等这些人投掷熟练,地里的瓦砾已经被捡拾完了。于是裴明礼又让人在这块土地上放羊,地里聚集了许多牛羊的粪便。裴明礼事先捡拾收集各种果核撒在这块地里,准备牛犁耕作。一年多后,果树生长繁盛,一车接一车地去卖,又赚钱巨万。于是,裴明礼又在这块土地上建造房屋,在院子的周围安置蜂箱养蜂贮蜜。在地里栽种大量蜀葵,蜜蜂采花酿蜜又传授花粉,蜀葵与蜂蜜都获得丰收。裴明礼料理生计奇妙,触类旁通,都是新奇的事,多得数不过来。贞观年间,裴明礼从古台主簿的官位上升至殿中侍御史,又转任兵部员外中书舍人,多次升迁后担任太常卿。

 读后感悟

裴明礼生财有道,眼见之处皆是商机,可谓处处留心,招招出奇。

李凝道

 原文诵读

唐衢州龙游县令李凝道性褊急。姊男年七岁,故恼之,即往逐之,不及。遂饼诱得之,咬其胸背流血。姊救之得免。又乘驴于街中,有骑马人,靴鼻拨其膝,遂怒大骂,将殴之。走马遂无所及,忍恶不得,遂嚼路傍棘子血流。(出《朝野佥载》)

 **译文**

唐朝的衢州龙游县令李凝道性情偏狭急躁。他姐姐有个七岁的男孩,一次,这个小男孩故意激怒李凝道,李凝道前去追打这个小男孩,没有追上。于是假说给小男孩饼吃,将他骗回来,用牙咬小男孩的前胸后背,咬得到处流血。他姐姐来救,小男孩才得以免遭祸端。另外一次,李凝道骑着一头毛驴在街上行走,过来一个骑马的人,脚上穿的靴鼻子碰了他膝盖一下,于是李凝道破口大骂这个骑马的人,要殴打人家。骑马人跑得快,李凝道没有追赶上,忍不下这口气,就用嘴嚼啮路边的棘刺,扎得满嘴流血。

 读后感悟

偏狭急躁如李凝道者,不知如何获得功名,做了县令。

诙谐

晏婴

原文诵读

齐晏婴短小,使楚。楚为小门于大门侧,乃延晏子。婴不入,曰:"使狗国,狗门入。今臣使楚,不当从狗门入。"王曰:"齐无人耶?"对曰:"齐使贤者使贤王,不肖者使不肖王。婴不肖,故使王耳。"王谓左右曰:"晏婴辞辩,吾欲伤之。"坐定,缚一人来。王问:"何谓者?"左右曰:"齐人坐盗。"王视婴曰:"齐人善盗乎?"对曰:"婴闻桔生于江南,至江北为枳。枝叶相似,其实味且不同。水土异也。今此人生于齐,不解为盗。入楚则为盗,其实不同,水土使之然也。"王笑曰:"寡人反取病焉。"(出《启颜录》)

译文

齐国的晏婴身材矮小。他出使楚国时,楚国在大门旁边开一个小门迎请晏婴。晏婴不进,说:"出使狗国,从狗门进入。现在晏婴我出使的是楚国,不应当从狗门走进去。"楚王问:"齐国没有人了吗?"晏婴回答说:"齐国派贤德高尚的人到贤德高尚的国王那里出使,派品德不好的人到品德不好的国王那里出使。晏婴品德不好,因此到楚王您这里出使。"楚王对身旁的大臣说:"晏婴善于辩说,

我想挫一下他的锐气。"楚王坐好后,从外面绑着一个人进来。楚王问道:"这是怎么回事?"身边人回答说:"有个齐国人盗窃。"楚王看着晏婴说:"齐人擅长偷窃吗?"晏婴回答说:"我听说桔生长在江南,移植到江北就变成了枳。枝干、叶片都相似,它的果实的味道却不同,是因为水土不一样。现在这个人,在齐国出生时,不懂得偷盗。来到楚国后就成了盗贼,结果不一样,这是楚国的水土使他变成这样的啊。"楚王听后笑着说:"我反倒是自取其辱了啊!"

读后感悟

淮南淮北,一河之隔,水土不一,风物不同。俗语说:"一方水土养一方人。"信然。

蔡谟

原文诵读

晋王导妻妒,导有众妾在别馆,妻知之,持食刀将住。公遽命驾,患牛迟,手捉尘尾,以柄助打牛。蔡谟闻之,后诣王谓曰:"朝廷欲加公九锡。"王自叙谦志,蔡曰:"不闻余物,唯闻短辕犊车,长柄尘尾。"导大惭。(出《晋史》)

译文

晋朝王导的妻子非常好嫉妒,王导在别的住宅,有许多姬妾,王导的妻子知道后,拿着菜刀就要前往。王导急忙让家中的仆人驾车追赶,害怕牛车走得太慢,就手里握着拂尘的尾部,用拂尘杆击打牛。蔡谟听说这件事后,来看王导说:"朝廷想赏赐你九锡之礼。"王导自己谦虚推辞。蔡谟说:"不说别的,单单听说你乘坐短辕牛车,用长把拂尘鞭牛。"王导听了后,大为羞愧。

读后感悟

王导在外位居朝中大臣,在内如一懦夫。唯其如此,才可见其真性情。

薛道衡

原文诵读

隋前内史侍郎薛道衡以醴(lǐ)和麦粥食之,谓卢思道

曰:"礼之用,和为贵。先王之道,斯为美。"思道答曰:"知和而和,不以礼节之,亦不可行也。"(出《谈薮》)

译文

隋朝的前内史侍郎薛道衡用甜酒与麦粥和着吃,边吃边引用《论语》的话,对卢思道说:"礼之用,和为贵。先王之道,斯为美!"卢思道也引用《论语》回答他:"知和而和,不以礼节之,亦不可行也。"

读后感悟

一咭一和,两人皆诙谐有趣且博学多闻。

崔行功

原文诵读

唐崔行功与敬播相逐。播带梬木霸刀子,行功问播云:"此是何木?"播对曰:"是栟榈(bīng lǘ)木。"行功曰:"唯问

刀子，不问佩人。"（出《启颜录》）

译文

唐朝人崔行功与敬播互相追逐戏谑。敬播佩带一把棕木把的佩刀，崔行功问道："这是什么木头做的？"敬播回答说："是棕桐木的。"崔行功说："我只问刀子，没有问佩带刀子的人。"

读后感悟

前人问答，张弛有度，嬉笑怒骂，皆有趣味。

狄仁杰

原文诵读

唐秋官侍郎狄仁杰，秋官侍郎卢献曰："足下配马乃作驴。"献曰："中劈明公姓。乃成二犬。"杰曰："狄字犬旁火也。"献曰："犬旁有火，乃是煮熟狗。"（出《朝野佥载》）

译文

唐朝秋官侍郎狄仁杰,对另一位秋官侍郎卢献说:"您配一匹马,就成了驴。"卢献回道:"将您的姓从中间分开,就成了两条犬。"狄仁杰说:"狄字一边是犬旁一边是火啊。"卢献说:"犬旁边有火,乃是一条煮熟了的狗。"

读后感悟

此等玩笑须是熟人才能开。熟人之间,玩笑戏谑,说驴说狗,莞尔一笑,无伤大雅。

李程

原文诵读

唐刘禹锡云:"李二十六丞相程善谑,为夏口日,有客辞焉。李曰:'且更三两日。'客曰:'业已行矣,舟船已在汉口。'李曰:'但相信任,那汉口不足信。'其客胡卢掩口而退。又因与堂弟丞相留守石投店酒饮,石收头子,纠者罚

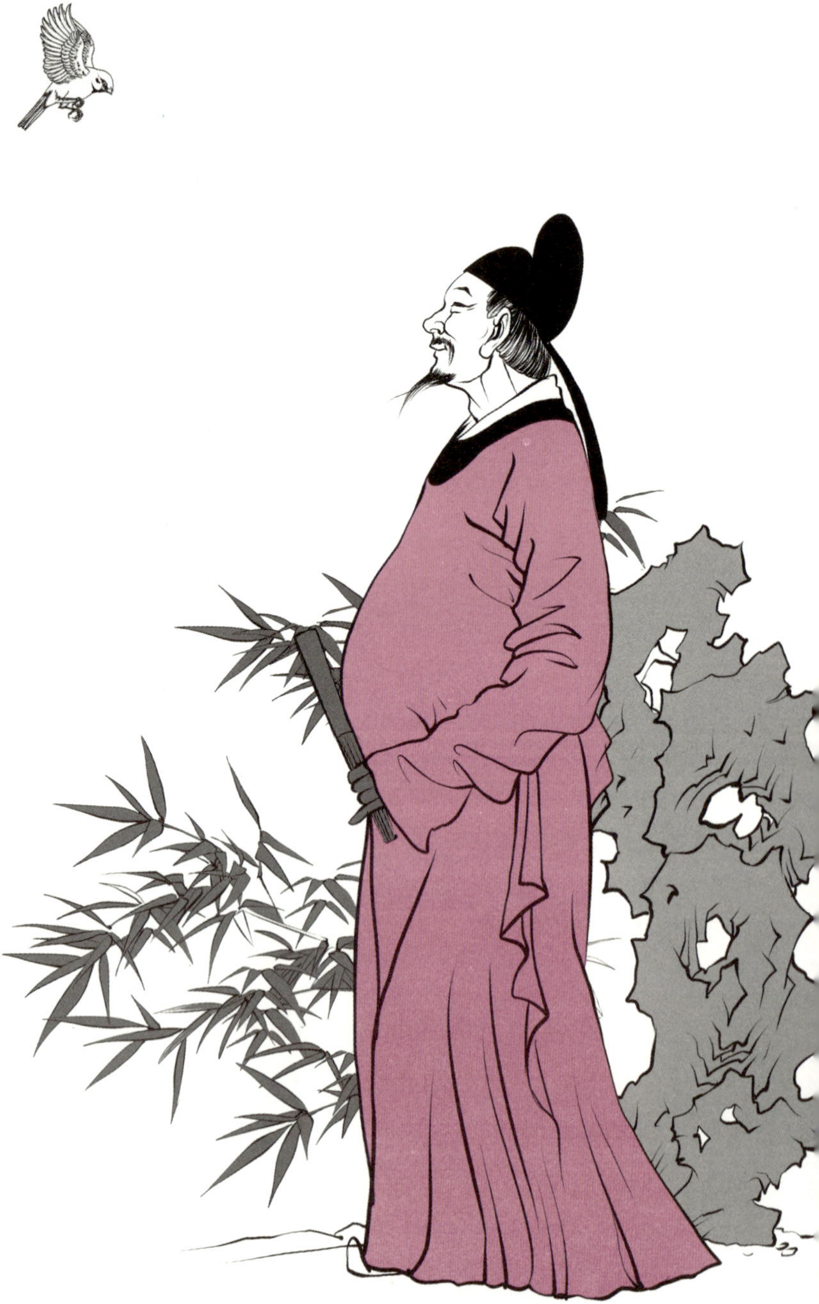

之。石曰：'何罚之有？'程曰：'汝忙闹时，把他堂印将去，又何辞焉？'"酒家谓重四为堂印，盖讥石。太和九年冬，朝廷有事之际，而登庸用也。(出《嘉话录》)

译文

唐朝人刘禹锡说："丞相李程（排行二十六）很喜欢开玩笑，在夏口任职时，有一个客人来辞行。李程说：'再住两三天吧。'客人说：'已经走了，船已经到了汉口。'李程说：'我只相信能留下来，那汉子的口是不足相信的。'那个客人捂嘴笑着退下了。又有一次，李程与他的堂弟丞相留守李石在酒肆以掷骰子赌输赢的办法饮酒，李石刚把骰子取在手，监酒人就要罚他喝酒。李石说：'为什么要罚我？'李程道：'你趁大家在忙乱时，把他的堂印偷了去，还有什么可说的？'"酒店中把骰子掷为双重的四个点称为堂印，他是以此来嘲弄李石。太和九年冬，当朝廷发生重大变故之时，李程被选拔重用。

读后感悟

斗嘴取乐，古今皆有。世殊时异，言语不同而已。

嘲诮

程季明

原文诵读

晋程季明嘲热客诗曰:"平生三伏时,道路无行车,闭门避暑卧,出入不相过。今代愚痴子,触热到人家,主人闻客来,嚬蹙奈此何。谓当起行去,安坐正咨嗟,所说无一急,沓沓吟何多?摇扇腕中疼,流汗正滂沱。莫谓为小事,亦是人一瑕。传诫诸朋友,热行宜见呵。"(出《启颜录》)

译文

晋朝人程季明写了一首嘲讽暑天懒人的诗,其大意是说:"平生三伏时,道路无行车,闭门避暑卧,出入不相过。今代愚痴子,触热到人家,主人闻客来,蹙奈此何。谓当起行去,安坐正咨嗟,所说无一急,沓沓吟何多?摇扇腕中疼,流汗正滂沱。莫谓为小事,亦是人一瑕。传诫诸朋友,热行宜见呵。"

读后感悟

盛暑天气,闭门不出才是上策。

贾嘉隐

原文诵读

唐贾嘉隐年七岁,以神童召见。长孙无忌、徐世勣(jì),于朝堂立语。徐戏之曰:"吾所倚者何树?"曰:"松树。"徐曰:"此槐也,何得言松?"嘉隐曰:"以公配木,何得非松邪?"长孙复问之:"吾所倚何树?"曰:"槐树。"长孙曰:"汝不复矫邪?"嘉隐曰:"何烦矫对,但取其鬼对木耳。"年十一二,贞观年被举,虽有俊辩,仪容丑陋。尝在朝堂取进止,朝堂官退朝并出,俱来就看。余人未语,英国公李勣,先即诸宰贵云:"此小儿恰似獠面,何得聪明?"诸人未报,贾嘉隐即应声答之曰:"胡头尚为宰相,獠面何废聪明。"举朝人皆大笑。(出《国史纂异》)

译文

唐朝人贾嘉隐七岁时,因是神童而被召见。长孙无忌、徐世勣在朝堂上和他站着说话。徐世勣开玩笑说:"我所靠的是什么树?"贾嘉隐说:"松树。"徐世勣道:"这是槐树,怎么能说是松树呢?"贾嘉隐说:"以公配木,怎能说不是松呢?"长孙又问道:"我所依靠的是什么树?"贾嘉隐说:"槐树。"长孙说:

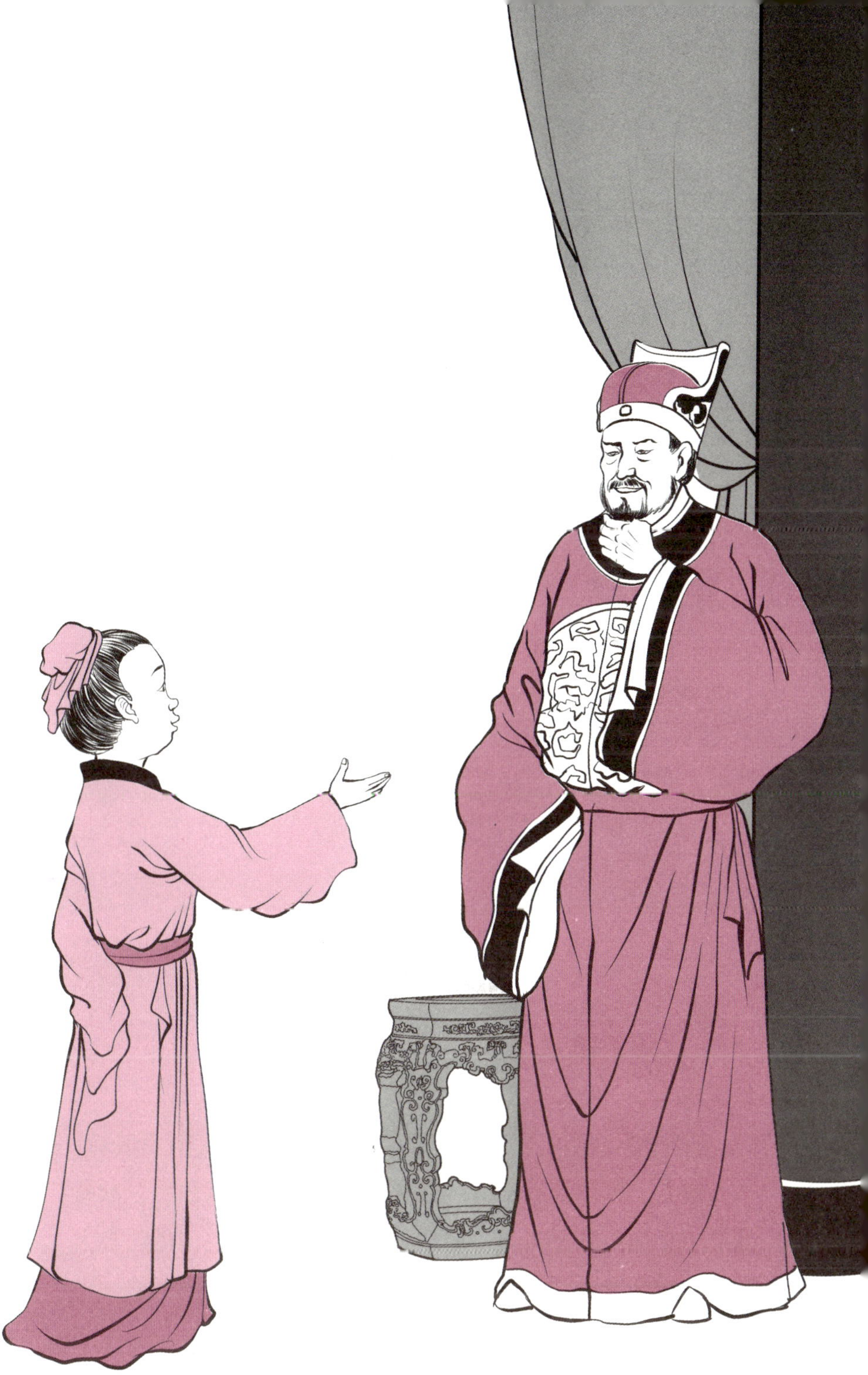

"你不再更正了？"贾嘉隐说："哪里用得着再更正。只是取鬼对木罢了。"贾嘉隐十一二岁时，在贞观年间被举荐。他虽然善辩，可是相貌丑陋。曾经在朝堂上请皇帝决定其去留，当时朝堂官员们退朝后一起来看他。还没等别人说话，英国公李勣在各个权贵前抢先说："这小孩的脸长的像獠面一样，怎么能够聪明呢？"其他人还没说话，贾嘉隐就应声回答说："葫芦脑袋尚且还能做宰相呢，獠面怎么就不能聪明呢。"满朝官员都大笑。

读后感悟

贾嘉隐在朝堂之上，面对权贵针锋相对，对答如流，不惟聪颖过人，胆识亦有过人处。

欧阳询

原文诵读

唐宋国公萧瑀不解射，九月九日赐射，瑀箭俱不着垛，一无所获。欧阳询咏之曰："急风吹缓箭，弱手驭强弓。欲高翻复下，应西还更东。十回俱着地，两手并擎空。借问谁为此，乃应是宋公。"（出《启颜录》）

嘲诮

译文

唐朝的宋国公萧瑀不懂得射箭，九月九日皇上恩赐射猎，萧瑀的箭全部没有射中箭垛，一无所获。欧阳询咏诗说："急风吹缓箭，弱手驭强弓。欲高翻复下，应西还更东。十回俱着地，两手并擎空。借问谁为此，乃应是宋公。"

读后感悟

文人射箭，十射十空。欧阳询作诗讥讽太过。

柳宗元

原文诵读

唐柳宗元与刘禹锡，同年及第，题名于慈恩塔，谈元茂秉笔。时不欲名字著彰，曰押缝版子上者，率多不达，或即不久物故。柳起草，暗斟酌之，张复已下，马徵、邓文佐名，尽著版子矣。题名皆以姓望，而辛南容，人莫知之。元茂搁笔曰："请辛先辈言其族望。"辛君适在他处，柳曰："东海

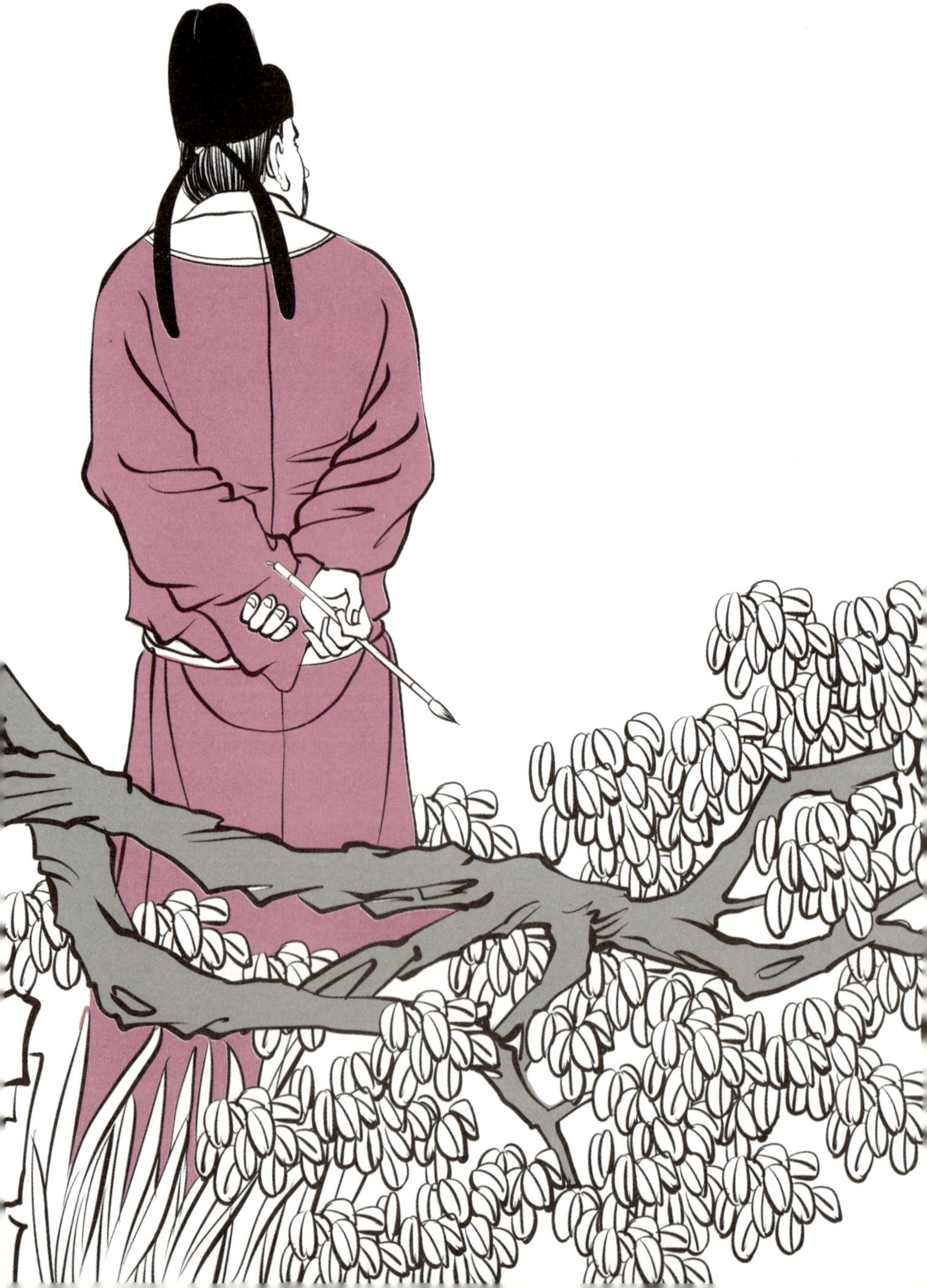

人。"元茂曰:"争得知?"柳曰:"东海之大,无所不容。"俄而辛至,人问其望,曰:"渤海。"众大笑。慈恩题名,起自张莒,本于寺中闲游,而题其同年。人因为故事。(出《嘉话录》)

译文

唐朝的柳宗元和刘禹锡,同一年进士及第,在慈恩寺塔上题名,由谈元茂执笔书写。当时都不想让自己的名字彰显,就说写在押缝的板子上,很不显眼,游人一般也看不见,或者用不多久板子也便损坏。当时柳宗元草拟名单,他暗暗斟酌着,张复的名字下,应该是马徵、邓文佐等人的名字,这全都写在板子上了。题名是以姓氏家族的名望为排列顺序,到了辛南容,人们都不知道此人是谁,谈元茂便搁笔问道:"请辛前辈谈谈你的家族郡望。"辛南容此时恰在别处,柳宗元说:"他是东海人。"谈元茂问:"你怎么知道?"柳宗元说:"东海之大,无所不容。"很快辛南容到来,人们问他的族望,他说:"我是渤海人。"众人大笑。慈恩塔题名一事,起于张莒,他们本来是一起到寺中闲游的,后来他便在塔上题写上中选人的名字。人们便把这个当成了风俗。

读后感悟

雁塔题名,乃是唐人及第后之风雅事。族望郡望,亦是唐人尊崇六朝之习气。

皮日休

原文诵读

　　唐皮日休尝谒归仁绍，数往而不得见。皮既心有所慊，而动形于言，因作咏龟诗："硬骨残形知几秋，尸骸终不是风流。顽皮死后钻须遍，都为平生不出头。"时仁绍亦有诸子偫、俰，与日休同在场中，随即闻之。因伺其复至，乃于刺字皮姓之中，题诗授之曰："八片尖裁浪作毬，火中爆了水中揉。一包闲气如长在，惹踢招拳卒未休。"时人以为日休虽轻俳，而仁绍亦浮薄矣。（出《皮日休文集》）

嘲诮

译文

唐朝的皮日休曾去拜见过归仁绍,多次前往都没有见到。皮日休心怀不满,因而形之于言,并写了一首《咏龟》诗:"硬骨残形知几秋,尸骸终不是风流。顽皮死后钻须遍,都为平生不出头。"当时,归仁绍的儿子佋和俰也在当场,归仁绍立即知道了此事。因而等他再来的时候,便在他名帖的"皮"字下,题了一首诗送给他:"八片尖裁浪作球,火中爆了水中揉。一包闲气如长在,惹踢招拳卒未休。"当时人们认为皮日休虽很轻佻滑稽,而归仁绍也轻浮刻薄。

读后感悟

《世说新语》陈太丘与友期行,友人对子骂父,皮日休与之绝类。

嗤鄙

魏人钻火

原文诵读

魏人夜暴疾,命门人钻火。是夕阴暝,督迫颇急。门人忿然曰:"君责人亦大无理。今暗如漆,何以不把火照我?当得觅钻火具,然后易得耳。"孔文举闻之曰:"责人当以其方也。"(出《笑林》)

译文

有个魏国人晚上突然得了重病,叫门人钻木取火。这天晚上特别阴暗,他督促得很急迫。门人生气地说:"你要求人也太不讲道理了。现在夜黑如漆,为何不拿火来给我照照?要能够找到钻火用的工具,然后就容易得到火了。"孔文举听说这件事后说:"要求人应当讲究方法。"

读后感悟

孔融怪魏人责人不当,门人回答尤为可笑,假如有火哪须他再去生火?

元魏臣

原文诵读

元魏之世,在洛京时,有一才学重臣,新得《史记》音,而颇纰误。及见颛顼(zhuān xū)字为许绿,错作许缘。其人遂谓朝士言:"从来谬音专旭,当专翮耳。"此人先有高明,翕然行信。期年之后,更有硕儒,苦相究讨,方知误焉。

(出《颜氏家训》)

译文

北魏时,在京城洛阳有一个很有才学的大官,刚得到一部为《史记》注释读音的书。其实,里面有很多错误。他见本应读"许绿"切的颛顼的"项"字,被错误地注为"许缘"切,于是就对朝士们说:"从来'颛顼'二字就错误地读成'专旭',应当读作'专翾'才对。"此人在之前名声很大,其他人也只好跟着这样读。一年之后,有一位更有学问的大儒,和他苦苦地探讨研究,他才知道自己错了。

读后感悟

孟子云:"尽信书不如无书。"此人之谓也。

公羊传

原文诵读

有甲欲谒见邑宰,问左右曰:"令何所好?"或语曰:

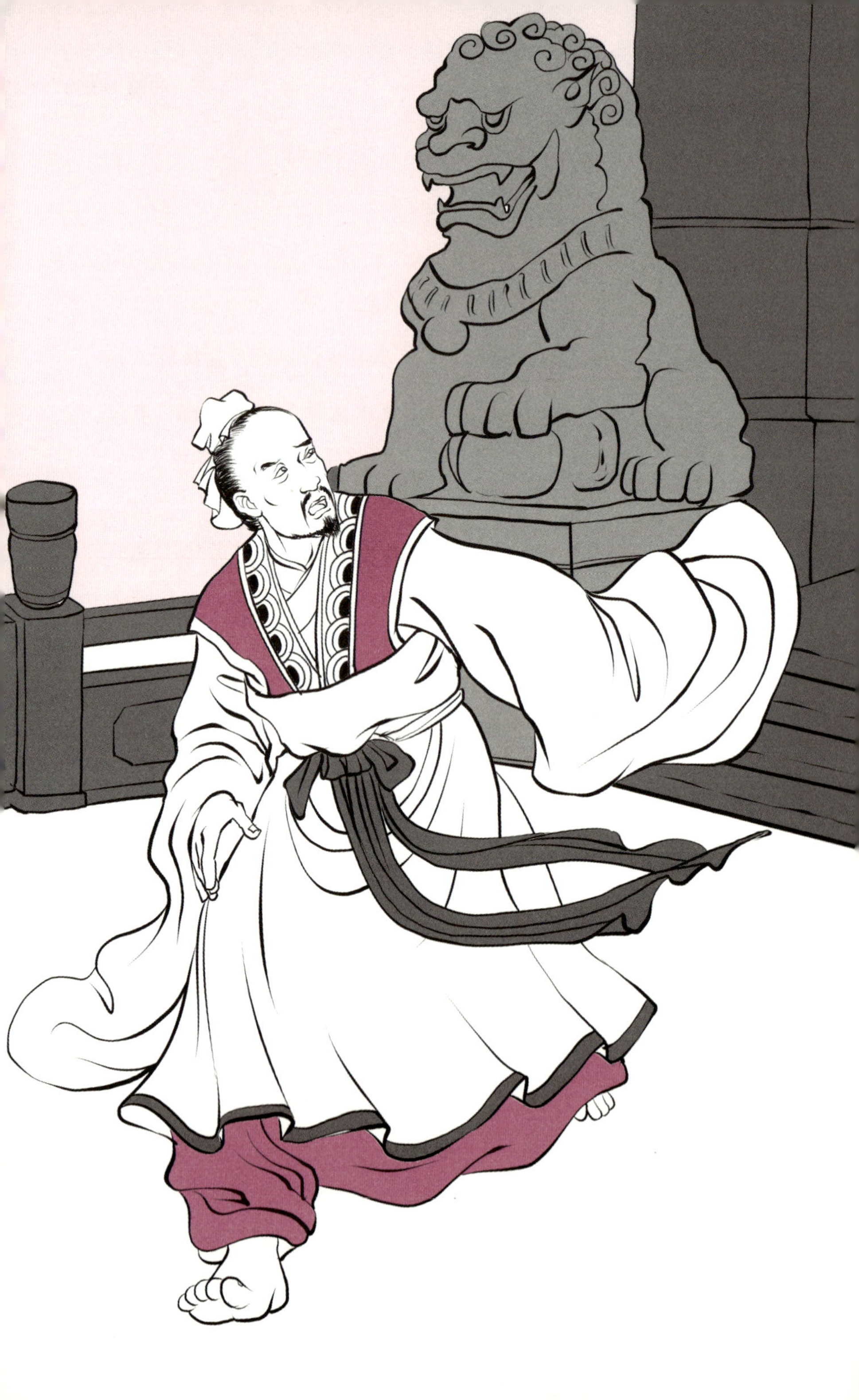

"好《公羊传》。"后入见,令问:"君读何书?"答曰:"唯业《公羊传》。"试问:"谁杀陈他者?"甲良久对曰:"平生实不杀陈他。"令察谬误,因复戏之曰:"君不杀陈他,请是谁杀?"于是太怖,徒跣走出,人问其故,乃大语曰:"见明府,便以死事见访,后直不敢复来,遇赦当出耳。"(出《笑林》)

译文

有个人想要去拜访县令,问身边人说:"县令喜欢什么?"有人回答说:"喜欢读《公羊传》。"后来这人前去拜见,县令问他:"读过什么书?"他回答说:"唯独研读过《公羊传》。"县令又问:"请问是谁杀的陈他?"那个人过了好久才回答说:"我平生实在没有杀死过陈他。"县令察觉出他的错误,于是又和他开玩笑说:"你没杀陈他,请问是谁杀的?"于是那人十分恐惧,光着脚便跑了出来,有人问他原因,他大声说:"见到县令,就拿杀人的事来追问我,以后可不敢再来了,遇到赦免才敢出来。"

读后感悟

迎合他人,投其所好,也要有足够的资本才行。

无赖

宗玄成

原文诵读

唐老三卫宗玄成,邢州南和人。祖齐黄门侍郎。玄成性粗猛,禀气凶豪,凌轹乡村,横行州县。纪王为邢州刺史,玄成与之抗行。李备为南和令,闻之,每降阶引接。分庭抗礼,务在招延,养成其恶。属河朔失稔(rěn),开仓赈给,玄成依势,作威乡野,强乞粟一石。备与客对,不命,玄成乃门外扬声,奋臂直入。备集门内典正一百余人,举牒推穷,强乞是实。初令项上著锁,后却锁上著枷,文案既周,且决六十,杖下气绝。无敢言者。(出《朝野佥载》)

译文

唐朝时,曾做过宫廷禁卫的宗玄成,是邢州南和县人。他的祖父宗齐担任过黄门侍郎。宗玄成粗野凶猛、凶狠蛮横,欺凌乡村百姓,横行于州府县衙。纪王当时担任邢州刺史,玄成和他抗衡。李备担任南和县令,每次听说他来,都要走到台阶下去迎接。和他分庭抗礼,他一心想要招揽延请,因此养成了此人的恶性。河朔地区闹灾荒,官府开仓赈济灾民,宗玄成依仗自己有势力,在乡野之间作威作福,强行要走一

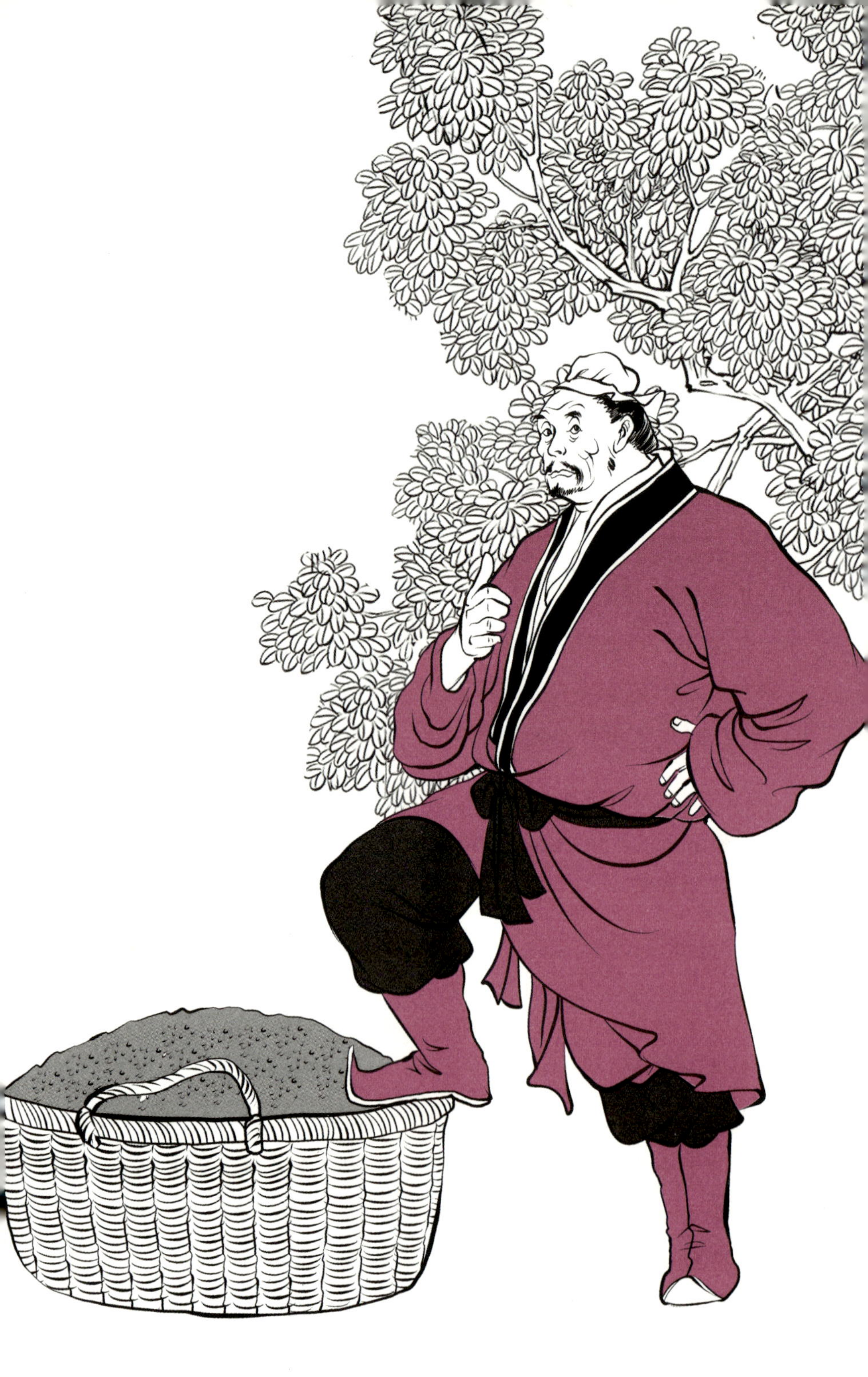

石粮食。李备和门客说让他来说明此事,他不从命,并在门外大喊大叫,挥舞着拳头闯进来。李备在院内集合典正等一百多人,举着文状一一追问其罪责,强夺灾粮的事情属实。先是下令给他的脖子上锁,后来又令去锁上枷,文案详细周全,判决杖击六十,宗玄成在棍棒的击打下断了气。没有一个敢谈论此事的。

读后感悟

对付恶人,最好的办法就是让他尝到被惩罚的后果。

南荒人娶妇

原文诵读

南荒之人娶妇,或有喜他室之女者,率少年,持刀挺,往趋虚路以侦之,候其过,即擒缚,拥归为妻。间一二月,复与妻偕,首罪于妻之父兄。常俗谓缚妇女婿。非有父母丧,不复归其家。(出《投荒杂录》)

译文

南方荒蛮之地娶媳妇的风俗，要是有喜欢上哪家女子的男子，便率领年轻人，手持刀枪棍棒，悄悄地跑到那里，在没人的路上藏起来并进行侦探，等那女子从这里路过，就将她捉住绑上，抱回去之后做妻子。隔一两个月，再同妻子一起，到娘家向妻子的父兄赔罪。俗称之为"缚妇女婿"。之后，不是遇到父母的丧事，妻子就不再回娘家。

读后感悟

这可能就是古代的"抢婚"习俗。至于"非有父母丧，不复归其家"者，古代风俗大都如此。《孔雀东南飞》刘兰芝被休回家，其母见状有"阿母大抚掌"句，表示惊异。

赵高

原文诵读

李夷简，元和末在蜀。蜀市人赵高好斗，尝入狱。满背

无赖

镂毗沙门天王，吏欲杖背，见之辄止。转为坊市害。左右言于李，李大怒，擒就厅前，索新造筋棒，题径三寸，叱杖家打天王，尽则已，数三十余不死。经旬日，但袒而历门，乞修理破功德钱。(出《酉阳杂俎》)

译文

李夷简，唐朝元和末年在蜀地任职。蜀地的集市有个叫赵高的人，喜欢打斗，曾经被关进监狱。他的整个后脊背刺着一个毗沙门天王图像，衙吏要杖罚其背，看到天王的图像总是不得不停止。转头，他又为害街市。身边人把此事告诉了李夷简，李大怒，把赵高捉拿到堂上，取来新做的筋竹棒，直径有三寸，喝令提杖的人杖打天王，痛打三十余杖完毕，赵高竟然没有被打死。过了十来天，赵高光着背来到门前，讨取修理毁坏功德钱。

读后感悟

此等无赖，巧借天王图像躲避惩罚，被惩罚后，竟又借天王之名讨取功德钱，无赖至极。

轻薄

杜甫

原文诵读

杜甫,审言之孙。少贫不自振,客吴越齐赵间。举进士不第。天宝间,奏赋三篇,帝奇之,使待制集贤院。数上赋颂,因寓自称道,且言先臣恕、预以来,承儒守官十一世。迨审言以文章显,臣赖绪业,自七岁属辞,且四十年,然衣不盖体,常寄食于人,窃恐转死沟壑,伏惟天子哀怜之,若令执先世故事,则臣之述作,虽不足鼓吹六经,至沉郁顿挫,随时敏给,扬雄、枚皋,可企及也。有臣如此,陛下其忍弃之?禄山乱,天子入蜀,甫避走三川。会严武节度剑南,往依焉。武以世旧,待甫甚善,亲至其家。甫见之,或时不巾,而性褊(biǎn)躁傲诞。尝醉登武床,瞪视曰:"严挺之乃有此儿。"武亦暴猛,外若不为忤,中衔之。好论天下大事,高而不切。然数尝寇乱,挺节无所污。为诗歌,情不忘君。人怜其忠云。(出《摭言》)

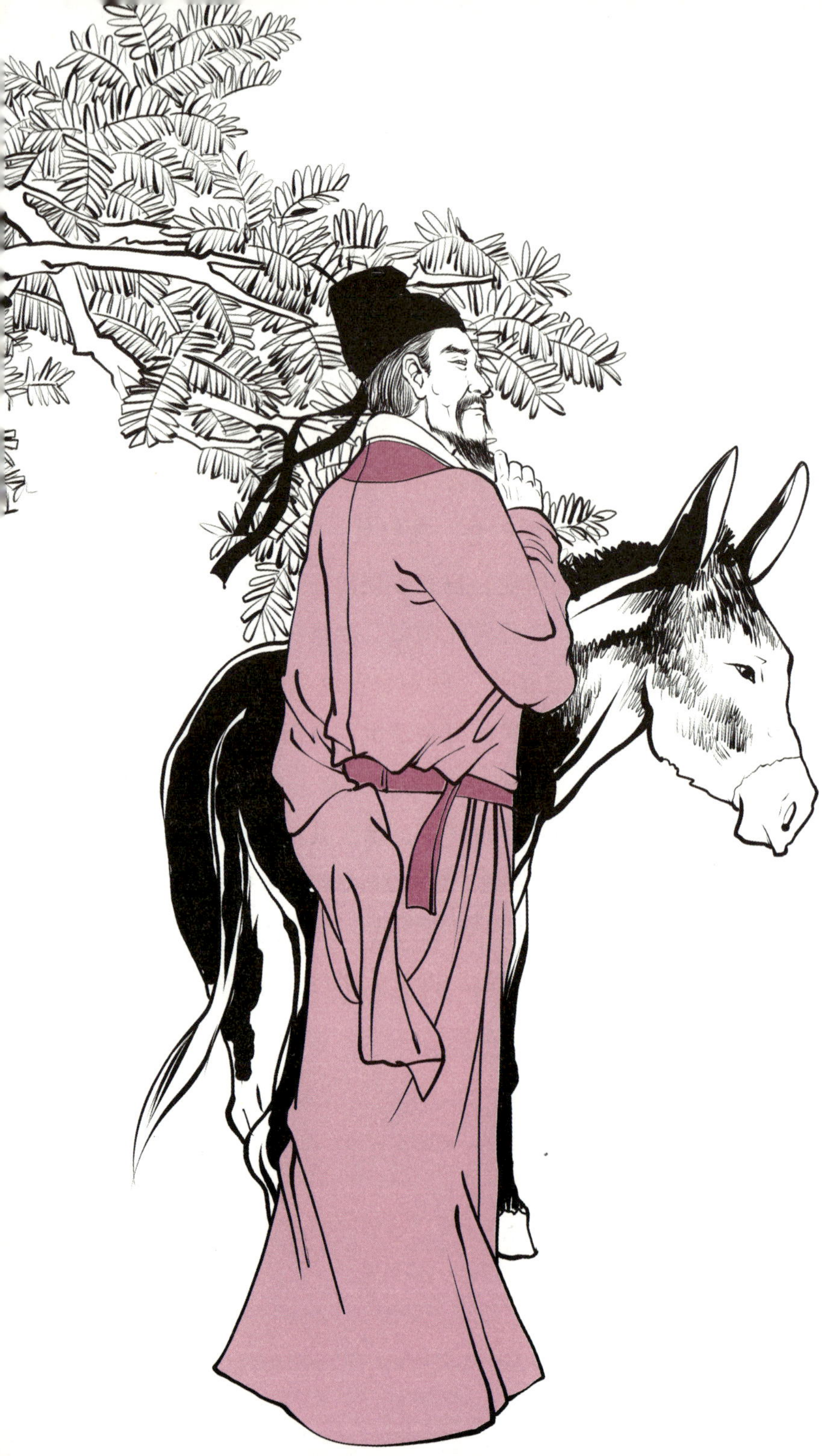

译文

  杜甫，是杜审言的孙子。他年少时，家贫不能维持生计，客游于吴、越、齐、赵之间，去考进士但未及第。天宝年间，他进献三篇赋，皇帝对他的作品很惊奇，便让他到集贤院等待诏命。他曾多次献上自己的赋颂文章，并寄言称说，自先辈杜恕、杜预以来，十一代人都是遵奉儒教守职分的。到杜审言时以写文章而著称，我凭借着祖辈的遗业，从七岁开始写诗文，将近四十年了，然而一直是衣不遮体，经常寄食于他人，私下里常怕流浪时死于沟壑之中，承蒙天子对我同情怜爱，假如能让我从事先辈的事业，那么我的著作，即使不能充分地宣扬六经，以至达到含蕴深刻、婉转曲折，敏锐地反映时事那样的程度，但是像扬雄、枚皋那样的水平还是可以赶得上的。有这样的臣子，皇上难道忍心抛弃他吗？安禄山叛乱，皇帝逃到蜀地，杜甫也因避乱去了三川。恰好严武担任剑南节度使，杜甫便前去依从他。严武因为与杜甫有世交，因而对待杜甫非常好，亲自去他家看望。杜甫去拜见严武，有时连头巾都不戴，并且杜甫的性情褊狭急躁而狂傲放荡。有一次曾喝醉酒登上严武的案几，瞪起眼睛说："严挺之竟然有这样的儿子！"严武也是个性情暴烈的人，外表好像没有被抵触，然而内心却很怨恨杜甫。杜甫喜欢谈论天下大事，高谈阔论而不切实际。他曾多

次饱尝过敌寇的战乱，一直坚守节操而没有任何污点。他创作诗歌，从不忘记君主的恩情。人们都怜惜他的忠诚。

读后感悟

杜工部忠君守节，忧国忧民，一以贯之。"致君尧舜上，再使风俗淳""穷年忧黎庶，叹息肠内热"，无时无刻不在提醒自己做一个忠于国家的人。

崔秘

原文诵读

天成二年，潘环以军功授棣牧。素无宾客，或有人荐崔秘者，博陵之士子也，举止闲雅，词翰亦工。潘一见甚喜，上馆以待之，经宿不复往，潘访之不获。既而辟一书生乃往。后荐主见而诘之，崔曰："潘公虽勤厚，鼻柱之左有疮，脓血常流，每被熏灼，腥秽难可堪。目之为白死汉也。"荐主大吚(hāi)。崔之不顾名实而为轻薄也。盖潘常中流矢于面，有衔其镞(zú)，故负重伤。医疗至经年，其镞自出，其疮成漏，终身不瘥。（出《玉堂闲话》）

轻薄

译文

后唐明宗天成二年,潘环凭借战功被授予棣州牧。他向来没有宾客,有人给他推荐了崔秘,崔秘是博陵的读书人,举止高雅,诗文工巧。潘环一见到他就很喜欢,给他安排上等的宾馆居住,但他过了一晚上没有再去住了,潘环去拜访他也没有遇到。接着让一个书生去请他,他于是前往。后来推荐他的人见到他追问,崔秘说:"潘公虽然殷勤厚道,可他鼻子左边有疮,脓血常流不止,每次见到他都被熏灼,腥味和肮脏实在难以让人忍受。在我看来他就是白死汉。"推荐他的人对他大为讥笑。崔秘是个不顾名声和实际妄为轻薄的人,潘环的脸上曾中过流箭,箭头刺进了骨头里,因而负了重伤。经过一年的治疗,箭头出来了,可是那疮变成了漏,终身不能痊愈。

读后感悟

潘环攻城野战,身负重伤。崔秘以貌取人,识短轻薄。

酷暴

麻秋

原文诵读

后赵石勒将麻秋者,太原胡人也,植性虓(xiāo)险鸩毒。有儿啼,母辄恐之麻胡来,啼声绝。至今以为故事。(出《朝野佥载》)

译文

后赵石勒的部将麻秋,是太原的胡人,此人本性残暴阴险而又恶毒。如果有孩子哭泣,母亲就吓唬说麻胡来了,哭声立刻就止住了。到现在还作为典故流传。

读后感悟

今人安抚小孩亦有狼来或鬼来之说,麻秋之残暴恶毒,大约不啻于豺狼鬼魅。

宋幼帝

原文诵读

明帝崩,昱嗣位,是为幼帝。幼帝狂暴,恣行诛戮,出入无度。从者并执铤、矛、锥、锯自随,有忤意,击脑椎阴,刺心剖腹之诛,日有数十。孝武帝二十八子,明帝杀其十六,余皆帝杀之,子孙无在朝者。(出《谈薮》)

译文

南朝宋明帝驾崩,刘昱继位,这就是幼帝。幼帝性情疯狂暴虐,恣意杀人,出入没有节制。随从都拿着小矛、锥子、刀锯等跟在后边,有忤逆他的心意的,便锤击那人的脑或敲他的阴部,或者刺心剖腹诛杀了他,每天都有几十人遭受杀害。孝武帝有二十八个儿子,被明帝杀死十六个,余下的都被幼帝杀掉了,孝武帝的子孙没有一个被留在朝廷的。

读后感悟

幼帝残暴太甚,击脑椎阴,杀伐兄弟,殆与桀纣同类。

京师三豹

原文诵读

唐监察御史李嵩、李全交、殿中王旭，京师号为三豹。嵩为赤麖(li)豹，交为白额豹，旭为黑豹。皆狠虐不轨，鸩毒无仪，体性狂疏，精神惨刻。每讯囚，必铺棘卧，削竹签指，方梁压髁，碎瓦搘膝，遣作仙人献果、玉女登梯、犊子悬拘、驴儿拔橛、凤凰晒翅、猕猴钻火、上麦索、下阑单。人不聊生，囚皆乞死。肆情锻炼，证是为非。任意指麾。传空为实。周公、孔子，请伏杀人；伯夷、叔齐，求其劫罪。讯劾干堑，水必有期；推鞫湿泥，尘非不入。来俊臣乞为弟子，索元礼求作门生。被追者皆相谓曰："牵羊付虎，未有出期。缚鼠与猫，终无脱日。妻子永别。朋友长辞。"京人相要，作咒曰："若违心负教，横遭三豹。"其毒害也如此。（出《朝野佥载》）

译文

唐代监察御史李嵩、李全交和殿中侍御史王旭，京城人称之为三豹。李嵩叫赤麖豹，李全交叫白额豹，王旭叫黑豹。他们都凶狠暴虐不守法度，凶险狠毒不讲仪节，身体心性放荡不羁，心神歹毒刻薄。每次审讯囚犯，都要铺上荆棘让囚犯躺

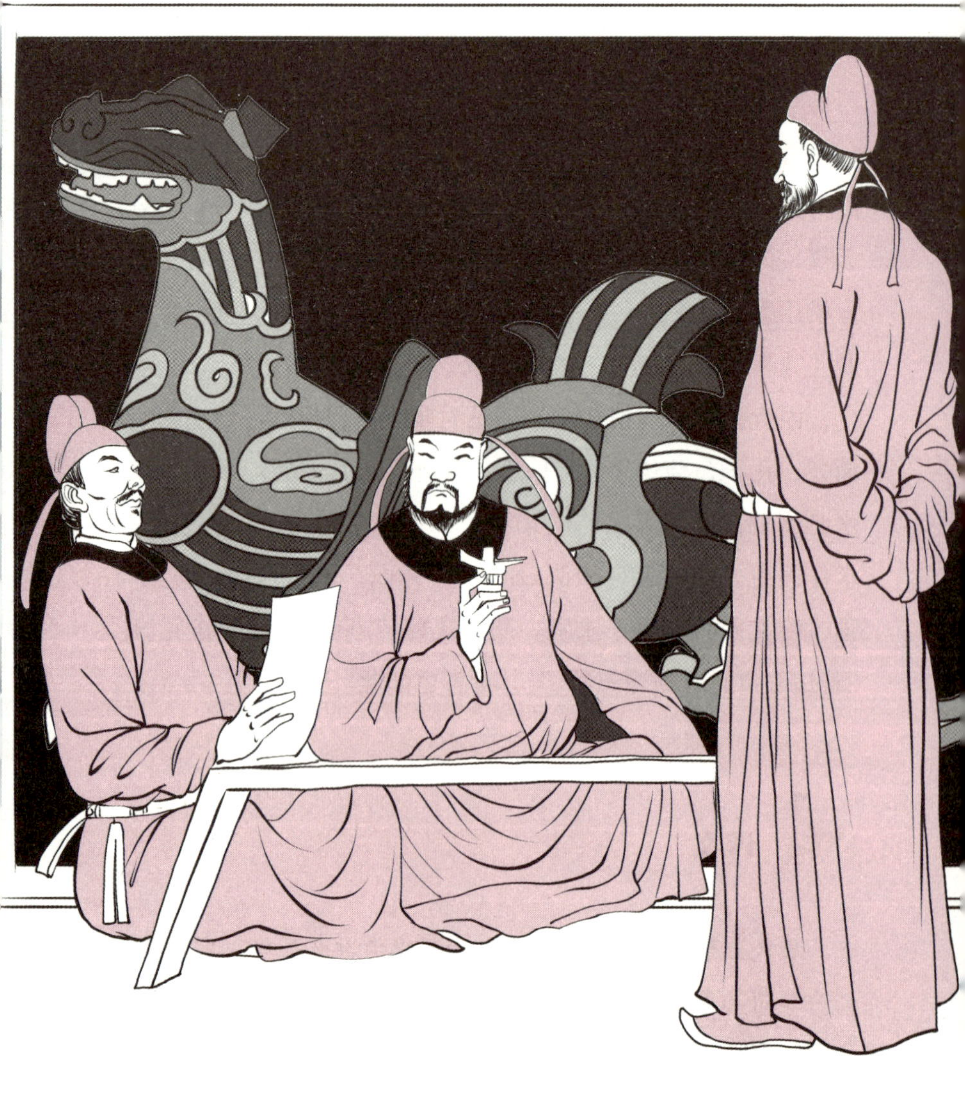

卧，或削竹签刺他的指甲缝，或用方型梁木压他的胯骨，或让他跪碎瓦片，或者命令他做仙人献果、玉女登梯、犊子悬拘、驴儿拔橛、凤凰晒翅、猕猴钻火、上麦索、下阑单等各种名目的酷刑。人无法活下去，囚徒们都只求一死。他们肆意罗织罪名，颠倒是非，随意发令调遣材料，传来的材料没有事实的就去捏造。在他们手里，即使周公、孔子在世，也会服罪说自己杀了人；伯夷、叔齐也会求他说自己犯了抢劫罪。他们即使审讯干壕，也会有水；审讯湿泥，也会有尘土飞进来。歹毒的来俊臣也会乞求做他们的弟子，残忍的索元礼也会请求收他作门徒。凡是被审讯的都相互说道："这是牵着羊送给了老虎，不会有出去的日子；绑了老鼠送给猫，永远不会有逃脱的那一天了。妻儿永别，朋友长辞了。"京城里的人在相互立约时，作咒语说："如果我要违背自己的良心辜负了你，就会突然遭遇三豹。"他们就是这样的恶毒厉害。

读后感悟

"违心负教，横遭三豹"，三豹之惨毒可见一斑。

婦人

卢氏

原文诵读

狄仁杰之为相也,有卢氏堂姨居于午桥南别墅。姨止有一子,而未尝来都城亲戚家。仁杰每伏腊晦朔,修礼甚谨。常经雪后休假,仁杰因候卢姨安否。适表弟挟弓矢,携雉兔而来归,进膳于母,顾揖仁杰,意甚轻简。仁杰因启于姨曰:"某今为相,表弟有何乐从,愿悉力从其旨。"姨曰:"相自贵。尔姨止有一子,不欲令其事女主。"仁杰大惭而退。(出《松窗杂录》)

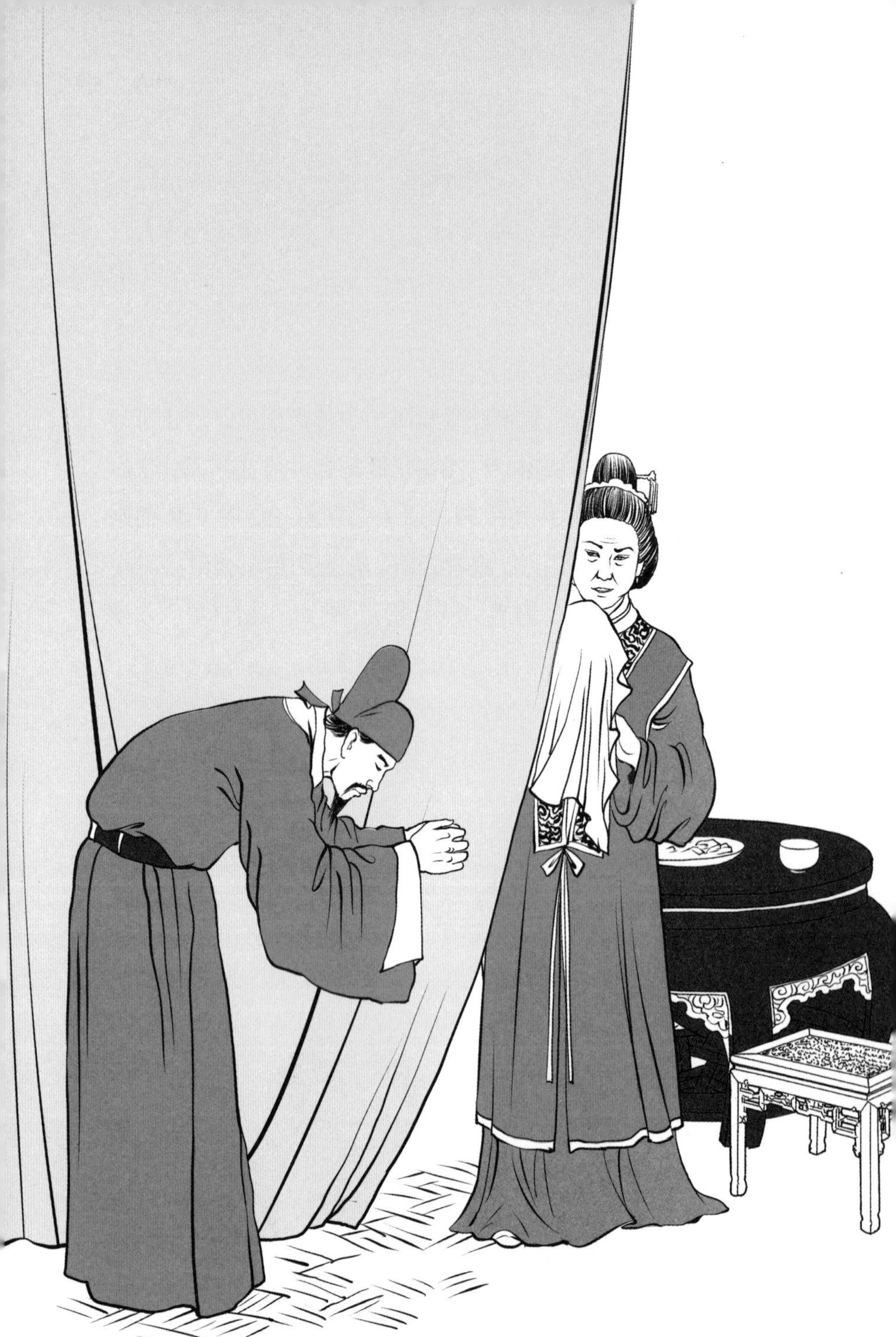

妇人

译文

狄仁杰做宰相时,有个姓卢的堂姨住在午桥南面的别墅里。堂姨只有一个儿子,却从来没来过都城的亲戚家。狄仁杰每次遇到初一十五祭祀,十分讲究礼仪。下雪后常常休息,狄仁杰便到别墅看望卢姨是否平安。正赶上表弟带着弓箭,手里拎着山雉野兔从外面回家,侍候母亲用饭,回头向狄仁杰行礼,看着很是轻视。狄仁杰便向堂姨说:"我现在是朝廷宰相,表弟有什么喜欢做的,我一定尽力让他如愿以偿。"卢姨说:"宰相自然显贵。你姨只有这么个独生儿子,我不想让他去侍奉女皇帝。"狄仁杰十分羞愧地退出去了。

读后感悟

虽是妇人,亦有正直士大夫之刚烈。

情感

武延嗣

原文诵读

唐武后载初中，左司郎中乔知之，有婢名窈娘，艺色为当时第一。知之宠待，为之不婚。武延嗣闻之，求一见，势不可抑。既见即留，无复还理。知之痛愤成疾，因为诗，写以缣素。厚赂阍(hūn)守，以达窈娘。窈娘得诗悲咽，结三章于裙带，赴井而死。延嗣见诗，遣酷吏诬陷知之，破其家。知之诗曰："石家金谷重新声，明珠十斛买娉婷。昔日可怜君自许，此时歌舞得人情。君家楼阁不曾难，好将歌舞借人看。富贵雄豪非分理，骄奢势力横相干。别君去君终不忍，徒劳掩袂伤红粉。百年离别在高楼，一代红颜为君尽。"

（出《本事诗》）

译文

唐代武则天载初年间，左司郎中乔知之有个奴婢叫窈娘，才艺姿色是当时第一。乔知之十分宠爱她，并因为她不娶正妻。武延嗣听说这件事后，请求见见这位窈娘，凭借他的权势，乔知之是不能阻挡的。见到之后，武延嗣便将窈娘留了下来，根本没归还的道理。乔知之心疼气愤，便病倒了，于是作

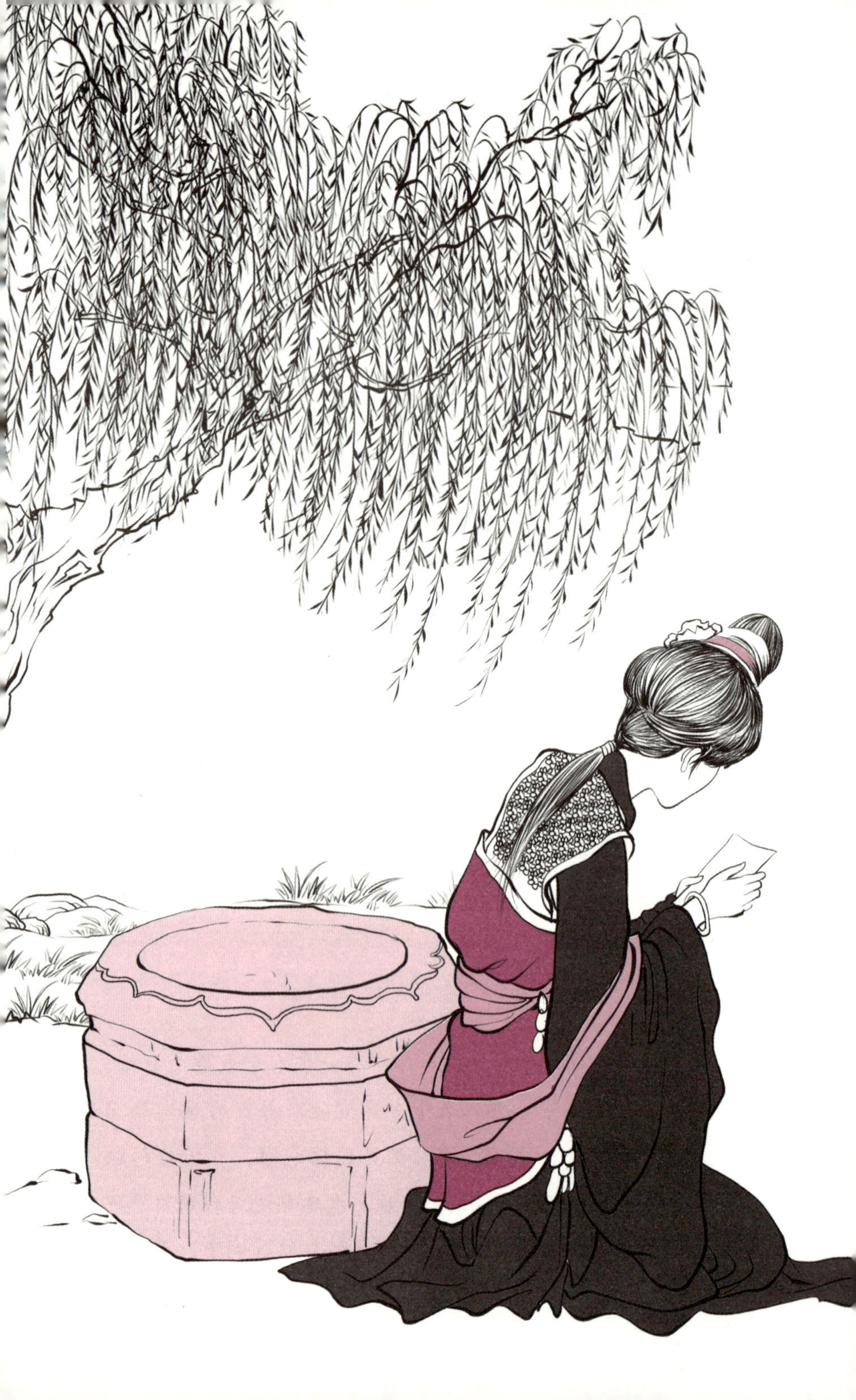

诗，写在细绢上。用重金收买守门人，将此诗送给窈娘。窈娘得到诗后，悲痛哭泣，便把这三章诗结在裙带上，投井而死。武延嗣看到诗后，派遣酷吏去诬陷乔知之，抄了他的家。乔知之在诗中写道："石家金谷重新声，明珠十斛买娉婷。昔日可怜君自许，此时歌舞得人情。君家楼阁不曾难，好将歌舞借人看。富贵雄豪非分理，骄奢势力横相干。别君去君终不忍，徒劳掩袂伤红粉。百年离别在高楼，一代红颜为君尽。"

读后感悟

窈娘与刘兰芝相似，重情重义，乔知之则与焦仲卿相仿，虽稍显懦弱但终能殉身。

梦

周昭王

原文诵读

　　昭王即位三十年，王坐祇明之室，昼而假寐。忽白云蓊（wěng）郁而起，有人衣服皆毛羽，因名羽人。王梦中与语，问以上仙之术。羽人曰："大王精智未开，求长生久视，不可得也。"王跪而苦请绝欲之教。羽人乃以指画王心，应手即裂。王乃惊悟，而汗湿于衿席，因患心疾，即却膳彻乐。移于旬日，忽见所梦者来，语王曰："先欲易王之心。"乃出方寸绿囊，中有药，名曰续脉丸、补血精散，以手摩王之臆，俄而即愈。王即请此药，贮以玉缶，缄以金绳。以之涂足，则飞大地之外，如游咫尺之内。有得服之，后天而死。（出《王子年拾遗记》）

译文

　　周昭王即位三十年，他坐在祇明室，白天穿着衣服休息。忽见白云盛然而起，有一个衣服上都是羽毛的人到来，因此叫作羽人。昭王在梦中同那人说话，询问他成仙的道术。那位羽人说："大王您神智尚未打开，想求得长生不老，这是不可能的。"昭王跪下来，向羽人请教脱俗绝欲的方法。羽人就用指头

比划昭王的心,那心便随即裂开。昭王从梦中惊醒,汗水把袍子和坐垫都浸湿了,随后便患上了心病,于是他撤掉膳食音乐。十天很快就过去了,忽然看到先前梦到的那人前来,对昭王说:"我想先把大王的心换一下。"于是拿出一个小小的绿色袋子,里面装有药物,名叫续脉丸补血精散,羽人用手按摩昭王的前胸,一会儿就痊愈了。昭王于是请求留下这药,用玉缶盛装,并金绳扎住。他用这药抹脚,就可以飞到云天外,就像在咫尺之间一样。昭王服食这药很长时间,活了很长时间才去世。

读后感悟

日有所思夜有所梦,昭王向往长生,故有此梦。

吴夫差

原文诵读

吴王夫差夜梦三黑狗号,以南以北,炊甑(zèng)无气。及觉,召群臣言梦,群臣不能解。乃召公孙圣。圣被召,与妻诀曰:"以恶梦召我,我岂欺心者,必为王所杀。"于是圣至,以所梦告之。圣曰:"王无国矣!犬号者,宗庙无主;炊甑无气，不食矣。"王果怒，杀之。及越兵至，王谓左右曰："吾无道杀公孙圣，汝可呼之。"于是三呼三应。吴卒为越所灭。（出《越绝书》）

译文

吴王夫差晚上梦见三条黑狗号叫，一会儿在南边一会儿在北边，炊火也断了。等到他醒来之后，召集群臣说梦，群臣无法解释。于是，夫差便召见公孙圣。公孙圣得到消息之后，便与妻子诀别，说："大王因为做了噩梦召我去解释，我哪里是言不由衷的人，必定被大王杀害。"于是公孙圣到来，夫差将自己做的梦告诉了他。公孙圣说："大王要亡国了！狗嚎叫，说明宗庙没了主人；炊火无烟，说明祭祀断绝。"吴王果然大怒，杀了公孙圣。等到越国的兵马到来，夫差对身边人说："我没有理由就杀了公孙圣，你们快呼唤他。"于是众人三次呼唤公孙圣，公孙圣三次回应。吴国最终被越国灭掉。

读后感悟

夫差亡国丧命，而以梦为托词，可怪。

吕蒙

原文诵读

吕蒙入吴,王劝其学,乃博览群籍,以《易》为宗。常在孙策坐酣醉,忽于眠中,诵《易》一部。俄而起惊,众人皆问之。蒙云:"向梦见伏羲、文王、周公,与我言论世祚兴亡之事,日月广明之道,莫不穷精极妙。未该玄言,故空诵其文耳。"众坐皆知蒙呓诵文也。(出《王子年拾遗记》)

译文

吕蒙来到吴国,吴王勉励他读书学习。吕蒙于是博览群书,把《易经》作为主要读物。吕蒙曾经在孙策的宴席上喝醉睡着，忽然在睡梦中，背诵了一遍《易经》，过了一会儿起身，惊愕不已。众人都询问他怎么回事。吕蒙说："刚才我梦到伏羲、文王、周公，和我谈论朝代兴亡的事情，日月光大明亮的大道，没有不精奥妙绝到极点的；他们并非空谈玄理，仅仅背诵文章而已。"在座的众人都知道就是吕蒙是在梦中背诵经文。

读后感悟

日有所思，夜有所梦。吕蒙听人之劝，一心向学，虽在梦中犹不停止，岂能不成大器？

侯君集

原文诵读

唐贞观中，侯君集与庶人承乾通谋，意不自安。忽梦二甲士录至一处，见一人高冠奋髯，叱左右，取君集威骨来。俄有数人操屠刀，开其脑上及右臂间，各取一骨片，状如鱼尾。因唵吚(án yī)而觉，脑臂犹痛。自是心悸力耗，至不能引一钧弓。欲自首，不决而败。（出《酉阳杂俎》）

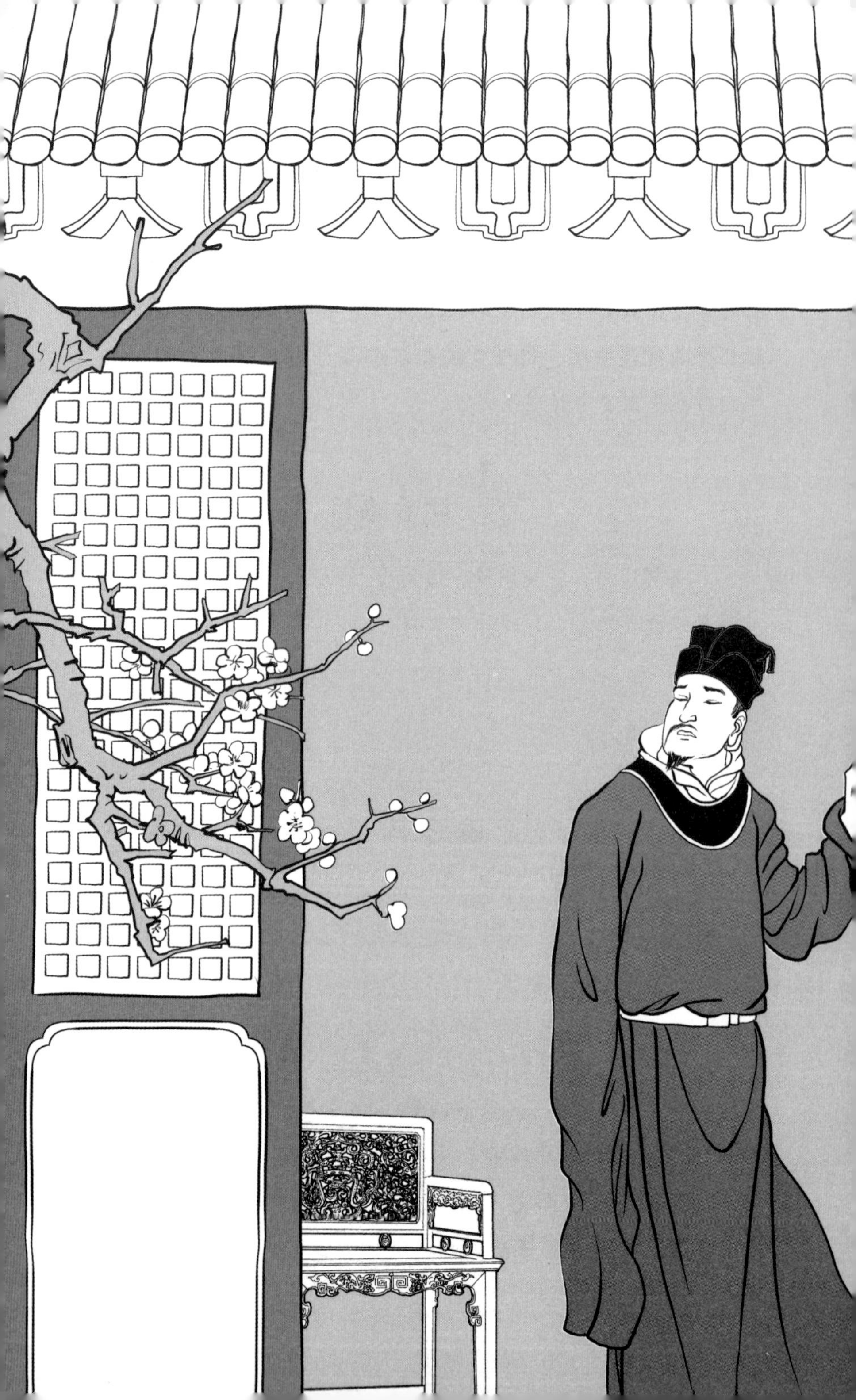

译文

唐代贞观年间,侯君集和平民李承乾策划谋反,但内心感到不安。忽然梦见两个甲士捉着他来到一个地方,看见一个人头戴高高的帽子,长着大胡子,呵斥手下人说,取侯君集威骨来。很快有几个人拿起屠刀,打开他的脑袋和右臂,各取出一片骨头,形状像鱼尾。他因为说梦话而醒来,脑袋和右臂还疼。从此以后心惊神耗,以至于连一张弓也拉不开。他想要自首,还没有下决心就败露了。

读后感悟

人凡做梦,皆为白天所思虑之事,思而不得解,夜晚以梦继之,侯君集亦此类也。

炀帝

原文诵读

武德四年,东都平后,观文殿宝厨新书八千许卷将载还

京师。上官魏梦见炀帝大叱云:"何因辄将我书向京师?"于时太府卿宋遵贵监运,东都调度,乃于陕州下书,著大船中,欲载往京师。于河值风覆没,一卷无遗。上官魏又梦见帝喜云:"我已得书。"帝平存之日,爱惜书史,虽积如山丘,然一字不许外出。及崩亡之后,神道犹怀爱吝。按宝厨新书者,并大业所秘之书也。(出《大业拾遗》)

译文

唐武德四年,东都洛阳被平定之后,在观文殿书库有新书八千多卷,准备运回京师长安。上官魏梦到隋炀帝大声斥责说:"你们为什么要把我的书运向长安?"当时太府卿宋遵贵负责监运,从东都出发,到了陕州又卸下来,装到大船上,欲用船载到长安。河上遇到暴风雨将船颠覆,一卷书也没有留下来。上官魏又梦见隋炀帝高兴地说:"我已经得到书了!"隋炀帝生前,爱护珍视书籍,虽然堆积如山,但一个字也不许流失。等到他死了之后,神灵对他心存爱怜。考察观文殿书库里的这批新书,都是隋炀帝在大业年间秘密珍藏的书籍。

读后感悟

隋炀帝虽残暴不仁,但对于文化流传尚有助益之功。

元稹

原文诵读

元相稹(zhěn)为御史,鞫(jū)狱梓潼。时白乐天在京,与名辈游慈恩寺,小酌花下,为诗寄元曰:"花时同醉破春愁,醉折花枝作酒筹。忽忆故人天际去,计程今日到梁州。"时元果及褒城,亦寄《梦游》诗曰:"梦君兄弟曲江头,也向慈恩院里游。驿吏唤人排马去,忽惊身在古梁州。"千里魂交,合若符契也。(出《本事诗》)

译文

唐代宰相元稹做御史时,曾到梓潼郡勘察案件。当时白居易在京城,与名流们游览慈恩寺,他在花前小饮,写诗一首寄语元稹:"花时同醉破春愁,醉折花枝作酒筹。忽忆故人天际去,计程今日到梁州。"这时的元稹果然到达梁州的褒城,他也寄给白居易一首《梦游》诗:"梦君兄弟曲江头,也向慈恩院里游。驿吏唤人排马去,忽惊身在古梁州。"千里之外的神交,这两首诗像符契一样相合。

读后感悟

元白神交,千里之外尚能彼此触及。

巫

来俊臣

原文诵读

唐载初年中,来俊臣罗织,告故庶人贤二子夜遣巫祈祷星月,咒诅不道。拷楚酸痛,奴婢妄证,二子自诬,并鞭杀之。朝野伤痛。浮休子张鷟曰:"下里庸人,多信厌祷;小儿妇女,甚重符书。蕴慝(tè)崇奸,构虚成实。堉土用血,诚伊戾之故为;掘地埋桐,乃江充之擅造也。"(出《朝野佥载》)

译文

唐高宗载初年间,来俊臣罗织罪名,诬告一位平民的两个儿子,说他们派巫师在晚上祈祷星月诅咒,大逆不道。于是对他们严刑拷打,他们疼痛难忍,又有奴婢作伪证,他二人便屈打成招,最后,被皮鞭抽死。朝野一片悲伤。浮休子张鷟说:"穷乡僻壤的庸人们,多相信用诅咒他人来取胜;妇女和小孩儿,才把巫术和符书看得那么重要。心底藏着奸邪的恶念,把假的弄成真的,这是因为你的残暴、乖戾所致。掘地埋桐,是江充伪造的啊。"

读后感悟

巫蛊之祸,虚实有无,全在人心。

幻术

阳羡书生

原文诵读

东晋阳羡许彦于绥安山行,遇一书生,年十七八,卧路侧,云脚痛,求寄彦鹅笼中。彦以为戏言,书生便入笼。笼亦不更广,书生亦不更小,宛然与双鹅并坐,鹅亦不惊。彦负笼而去,都不觉重。

前息树下,书生乃出笼,谓彦曰:"欲为君薄设。"彦曰:"甚善。"乃于口中吐一铜盘奁子,奁子中具诸馔殽(yáo)馔,海陆珍羞方丈。其器皿皆是铜物,气味芳美,世所罕见。酒数行,乃谓彦曰:"向将一妇人自随,今欲暂要之。"彦曰:"甚善。"又于口中吐一女子,年可十五六,衣服绮丽,容貌绝伦,共坐宴。

俄而书生醉卧。此女谓彦曰:"虽与书生结好,而实怀外心,向亦窃将一男子同来。书生既眠,暂唤之,愿君勿言。"彦曰:"甚善。"女人于口中吐出一男子,年可二十三四,亦颖悟可爱,仍与彦叙寒温。书生卧欲觉,女子吐一锦行障,书生仍留女子共卧。男子谓彦曰:"此女子虽有情,心亦不尽。向复窃将女人同行,今欲暂见之,愿君勿泄言。"彦曰:"善。"男子又于口中吐一女子,年二十许,共宴酌。戏调甚久,闻书生动声,男曰:"二人眠已觉。"因取所吐女子,还内口中。

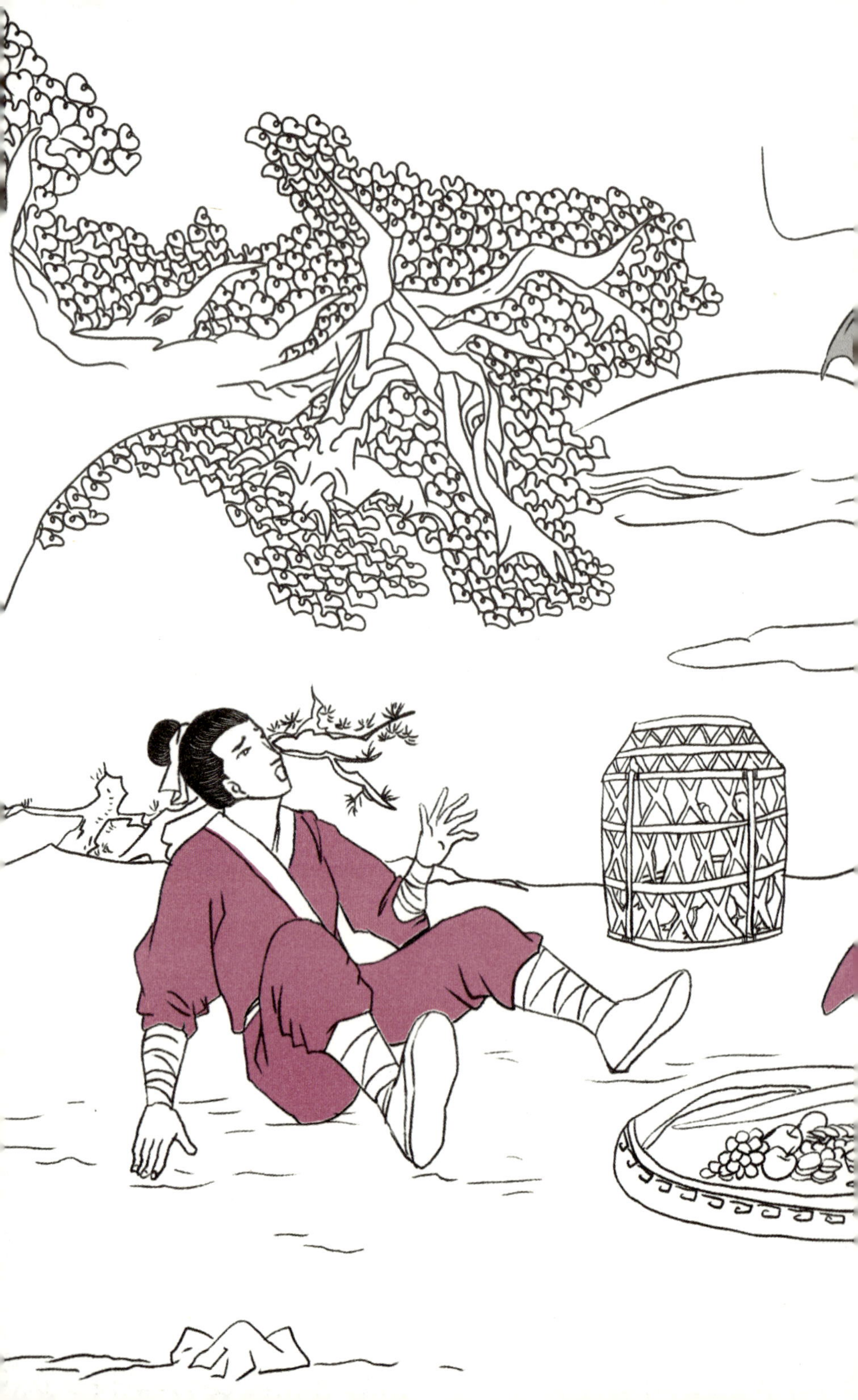

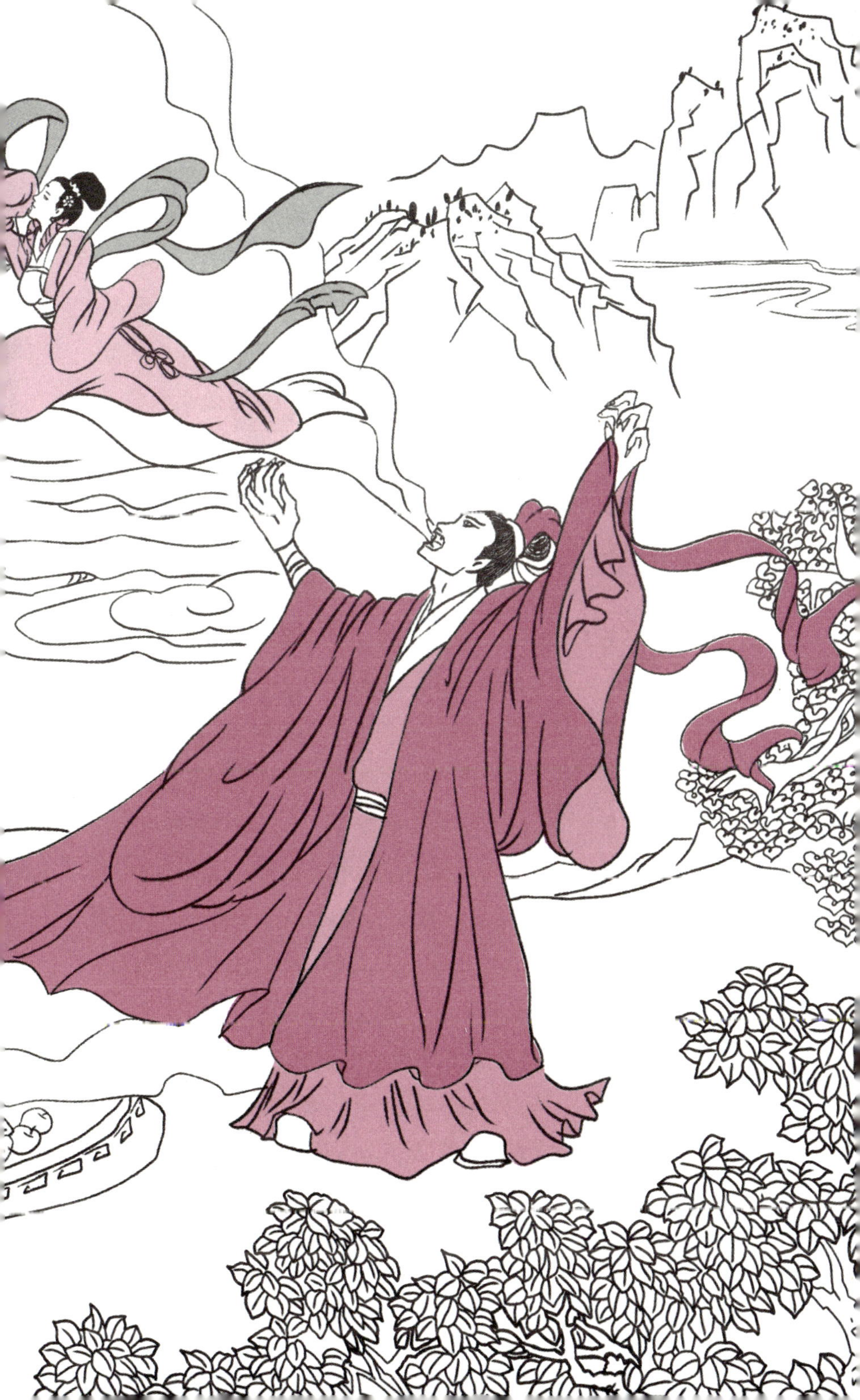

须臾，书生处女子乃出，谓彦曰："书生欲起。"更吞向男子，独对彦坐。书生然后谓彦曰："暂眠遂久，君独坐，当悒悒耶？日已晚，便与君别。"还复吞此女子，诸铜器悉内口中。留大铜盘，可广二尺余，与彦别曰："无以藉君，与君相忆也。"至大元中，彦为兰台令史，以盘饷侍中张散。散看其题，云是汉永平三年所作也。（出《续齐谐记》）

译文

东晋阳羡人许彦，一次在绥安山中行走，遇到一位书生。他大约有十七八岁，躺在路边，说他脚疼，请求寄居在许彦的鹅笼中。许彦认为他在开玩笑，书生却已经进入了鹅笼里。笼子也没有变大，书生也没有变小。书生安然地与两只鹅都坐下来，鹅也没有受惊。许彦背着笼子离开，一点也不觉得沉重。

往前走到树下休息，书生才从笼中走出来，对许彦说："我想为您略设薄宴。"许彦说："很好。"书生从口中吐出了一个装满盒子的铜盘，盒中装着各种美味佳肴，所用器具都是铜制作的，味道芳香醇美，世间罕见。酒过数巡，书生对许彦说："先前有一个女人常跟随着我，现在想暂时把她请来。"许彦说："很好。"书生又从口中吐出一位女子，她大约十五六岁，穿着华丽的衣服，容貌美丽无比，坐下来与他们一起宴饮。

过了一会儿，书生喝醉了，就躺下来休息。女子对许彦说："我虽然与书生结交，关系亲密，但实际上内心还是想着别人，过去曾偷偷地带一个男子一起来，现在书生既然已经睡着了，我暂且将那男子唤来，希望您不要声张。"许彦说："很好。"女子从口中吐出一个男子，大约二十三四岁，也很聪明可爱，并与许彦互致问候。书生这时将要睡醒了，女子又吐出一个锦帐将男子遮住。书生留下女子一起躺下来。这个男子对许彦说："这女子对我虽有情，我的心也没有全部交给她，从前我也曾偷偷地和一个女子在一起，今天想暂时见见她，请您不要泄露出去。"许彦说："好。"男子又从口中吐出一个女子，大约二十多岁，他们一起宴饮。调笑了好长时间，听到书生有了动静，男子说："他们二人已经醒了。"就将所吐女子吞回口中。

一会儿，和书生在一起的女子出来了，对许彦说："书生要起来了。"又吞下先前她所吐出的男子，只剩她一个人和许彦对坐。书生之后对许彦说："刚才暂时小睡，没想到时间长了，您一人独坐，一定很郁闷不乐吧？天色已晚，该和您告别了。"又吞下了这个女子，还将所有的铜器都吞到口中。留下了那个大铜盘，铜盘的直径大约有二尺多。书生对许彦告别说："没有什么东西送给你，留下这个作个纪念吧。"晋朝太元年间，许彦曾担任兰台令史，用这个铜盘招待过侍中张散，张散看到盘上的款识，说是东汉永平三年所造。

读后感悟

当局者迷，书生之于女子，女子之于男子是也；旁观者清，阳羡许彦是也。

妖妄

明思远

原文诵读

华山道士明思远,勤修道箓,三十余年。常教人金水分形之法,并闭气存思,师事甚众。永泰中,华州虎暴。思远告人云:"虎不足畏,但闭气存思,令十指头各出一狮子,但使向前,虎即去。"思远兼与人同行,欲暮,于谷口行逢虎。其伴惊惧散去,唯思远端然,闭气存思。俄然为虎所食。其徒明日于谷口相寻,但见松萝及双履耳。(出《辩疑志》)

译文

华山道士明思远,勤奋地研究道教典籍三十多年。常常教人金水分形的方法,并告诉人家要屏住呼吸靠意念行事。来向他求教拜师的人很多。唐永泰年间,华州老虎横行。明思远告诉人们说:"老虎没什么可怕的,只要屏住呼吸靠意念行事,让十个手指头各出来一只狮子,让它们冲上前,老虎立刻就离开了。"他与人同行去找老虎,天快黑的时候,在谷口遇上了老虎。同伴吓得四处逃散,只有明思远泰然端坐,屏住呼吸靠意念行事,顷刻之间就被老虎吃掉了。第二天,他的徒弟在山口寻找他,只看见松萝以及一双鞋子罢了。

读后感悟

此等妖妄之事,近古亦有之,可悲可叹。

董昌

原文诵读

董昌未僭（jiàn）前，有山阴县老人，伪上言于昌曰："今大王善政及人，愿万岁帝于越，以福兆庶。三十年前，已闻谣言，正合今日，故来献。其言曰：'欲识圣人姓，千里草青青。欲知圣人名，日人曰上生。'"昌得之大喜，因谓曰："天命早已归我，我所为大矣。"乃赠老人百缣，仍免其征赋。先遣道士朱思远立坛场，候上帝。忽一夕云，天符降于雨中，有碧纸朱文，其文又不可识。思远言天命命与董氏。又有王守真者，欲谓之王百艺，极机巧。初立生祠，雕刻形像。塑续官属，及设兵卫，状若鬼神，皆百艺所为也。妖伪之际，悉由百艺幻惑所致。昌每言："我得兔子上金床谶（chèn）也。我卯生，来年岁在卯，二月二日亦卯，即卯年卯月卯日，仍当以卯时。万世之业，利在于此。"乾宁二年，二月二日，率军俗数万人，僭衮冕仪卫，登子城门楼，赦境内，改伪号罗平国，午号天册，自称圣人。及令官属将校等，皆呼圣人万岁。俯而言曰云云。词毕，复欲舞蹈。昌乃连声止之："卿道得许多言语，压得朕头疼也。"（缘土人所制天冠稍重，故有此言。）时人闻，皆大笑之。（出《会稽录》）

译文

董昌尚未僭越称帝以前,有位山阴县的老人,佯装对董昌进言说:"现在大王您的善政惠及人民,希望大王您在越地万年为帝,以此降福于百姓。三十年前,我已经听闻传言,正应了今天的日子,所以前来献言。传言说:'欲识圣人姓,千里草青青。欲知圣人名,日人日上生。'"董昌听到后很高兴,趁机对老人说:"天命早就已经归属于我了,我可做的是大事啊。"于

是赠送给老人一百匹绢,并且免除了他的赋税。先派遣道士朱思远设立祭坛道场,迎候上帝。忽然一天傍晚时分,在雨中降下天上的符书,符书用绿纸红字写成,上面的文字不能辨认。朱思远说上天把天命归于董氏。又有个叫王守真的人,老百姓称他为"王百艺",极尽机巧。最初设立生祠,雕刻塑像。接着又雕塑官员属吏,以及设置卫兵,鬼斧神工,都是百艺所作。兴妖作乱的时候,都是由百艺幻化迷惑所导致的。董昌常说:"我得到兔子上金床的谶语。我是卯年生,明年正是卯年,二月二日也是卯日,就是卯年卯月卯日,并且应该在卯时。万世的功业,就在此时。"乾宁二年二月二日,董昌率领军兵俗众几万人,僭位穿上天子的服装,使用天子的仪仗,登上子城的门楼,大赦所辖的州郡,改伪国号为罗平国,年号是天册,自称为圣人。并且号令手下的属吏、将军、校尉等人,都高呼圣人万岁。官员士兵们又俯下身子说了一大堆话,又想要人跳舞。董昌连忙阻止说:"你们说的话太多了,这压得我头疼。"(因为当地土人所制造的皇冠较重,所以董昌这样说。)当时人们听说后,都大笑他。

读后感悟

董昌初有功于唐,后野心勃勃,残暴治民,终为钱镠降服,身死国灭。

神

太公望

原文诵读

文王以太公望为灌坛令,期年,风不鸣条。文王梦见有一妇人甚丽,当道而哭。问其故,妇人言曰:"我东海泰山神女,嫁为西海妇。欲东归,灌坛令当吾道。太公有德,吾不敢以暴风疾雨过也。"文王梦觉。明日召太公,三日三夕,果有疾风暴雨去者,皆西来也。文王乃拜太公为大司马。(出《博物志》)

译文

周文王任命姜太公为灌坛令,任职一年,连能把树枝吹得发声的风都没有。文王梦到一个容貌艳丽的女子,坐在路的当中哭泣。问其缘故,那女人说:"我是东海边的泰山神女,嫁给西海龙王做妻子。我想回东海边去,不料灌坛令挡了我的道。太公有高尚的德行,我不敢挟暴风骤雨经过啊!"文王惊醒。第二天,他召见姜太公,过了三日三夜,果然有狂风暴雨,都是从西而来。于是,文王授予姜太公大司马的职位。

读后感悟

姜太公德政清明,神仙皆臣服。

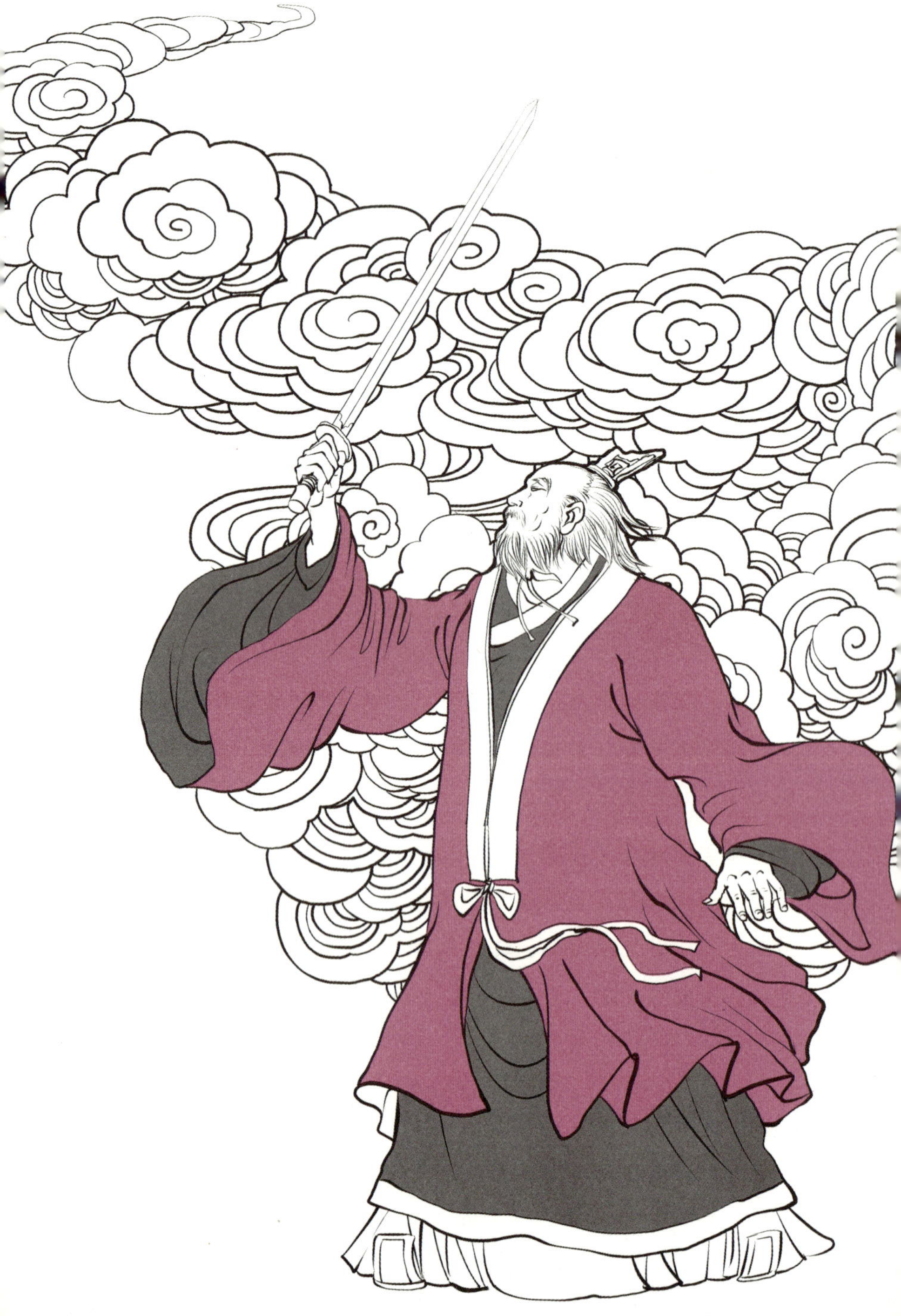

四海神

原文诵读

武王伐纣，都洛邑。明年阴寒，雨雪十余日，深丈余。甲子平旦，五丈夫乘马车，从两骑，止王门外。师尚父使人持一器粥出曰："大夫在内，方对天子。未有出时，且进热粥，以知寒。"粥皆毕，师尚父曰："客可见矣。五车两骑，四海之神，与河伯风伯雨师耳。南海之神曰祝融，东海之神曰勾芒，北海之神曰颛顼，西海之神曰蓐收。河伯风伯雨师，请使谒者，各以其名召之。"武王乃于殿上，谒者于殿下门内，引祝融进。五神皆惊，相视而叹。祝融等皆拜。武王曰："天阴乃远来，何以教之？"皆曰："天伐殷立周，谨来授命。"顾敕风伯雨师，各使奉其职也。（出《太公金匮》）

译文

周武王讨伐纣王时，在洛邑建都。第二年阴冷湿寒，下了十几天雪，积雪有一丈多深。甲子日天亮的时候，有五个男子乘着马车而来，后面跟着两个骑马的人，停在武王门外。国师尚父让人拿了一盆稀粥出来，说："大夫正在屋里同天子谈话。还不知道什么时候出来，请先喝热粥，以避寒冷。"等他们都喝完粥，尚父才对武王说："现在，你可以召见他们了。那五车两骑，是四海之神和河神、风神及司雨之神。南海之神叫祝融，东海之神叫勾芒，北海之神叫颛顼，西海之神叫蓐收。河神、风神、雨神，嘱咐传唤谒见者的人，都直呼其名召见。"武王就坐在大殿之上，使谒者于殿下门内，把祝融领了进去。五位神仙都很吃惊，相互看着叹息。祝融等都向武王下拜。武王说："天气阴冷，你们却远道而来，用什么来教诲我啊？"诸神都说："上天要伐殷立周，我们是来接受任务的。"周武王回头看看风神和雨神说，让他们各司其职、各负其责就可以了。

读后感悟

武王伐纣，顺天应民，此所谓多助之至，天下顺之。

李高

原文诵读

王莽时，汉中太守五更往祭神庙，遗其书刀，遣小吏李高还取之。见刀在庙床上，有一人，著大冠绛袍，谓高曰："勿道我，吾当祐汝！"后仕至郡守。年六十余，忽道见庙神，言毕而此刀刺高心下，须臾而死。莽闻甚恶之。（出《广古今五行记》）

译文

王莽当权时，汉中郡太守五更天前去祭拜神庙，他把装订书册的刀子忘在庙中，派小吏李高回去取刀子。李高看到那把刀放在庙里的坐具上，有一个人，穿着深红色袍子，戴了顶大帽子，对李高说："不要说见到我，我会保佑你的。"后来，李高做官做到郡守。他六十多岁时，忽然说出见过庙神的事情，刚说完，那把刀子就刺进了他的心脏，一会儿他就死了。王莽听说了这件事，对他十分厌恶。

读后感悟

李高泄露天机遭恶报，神鬼之事虽不可信，然做人亦需谨守承诺。

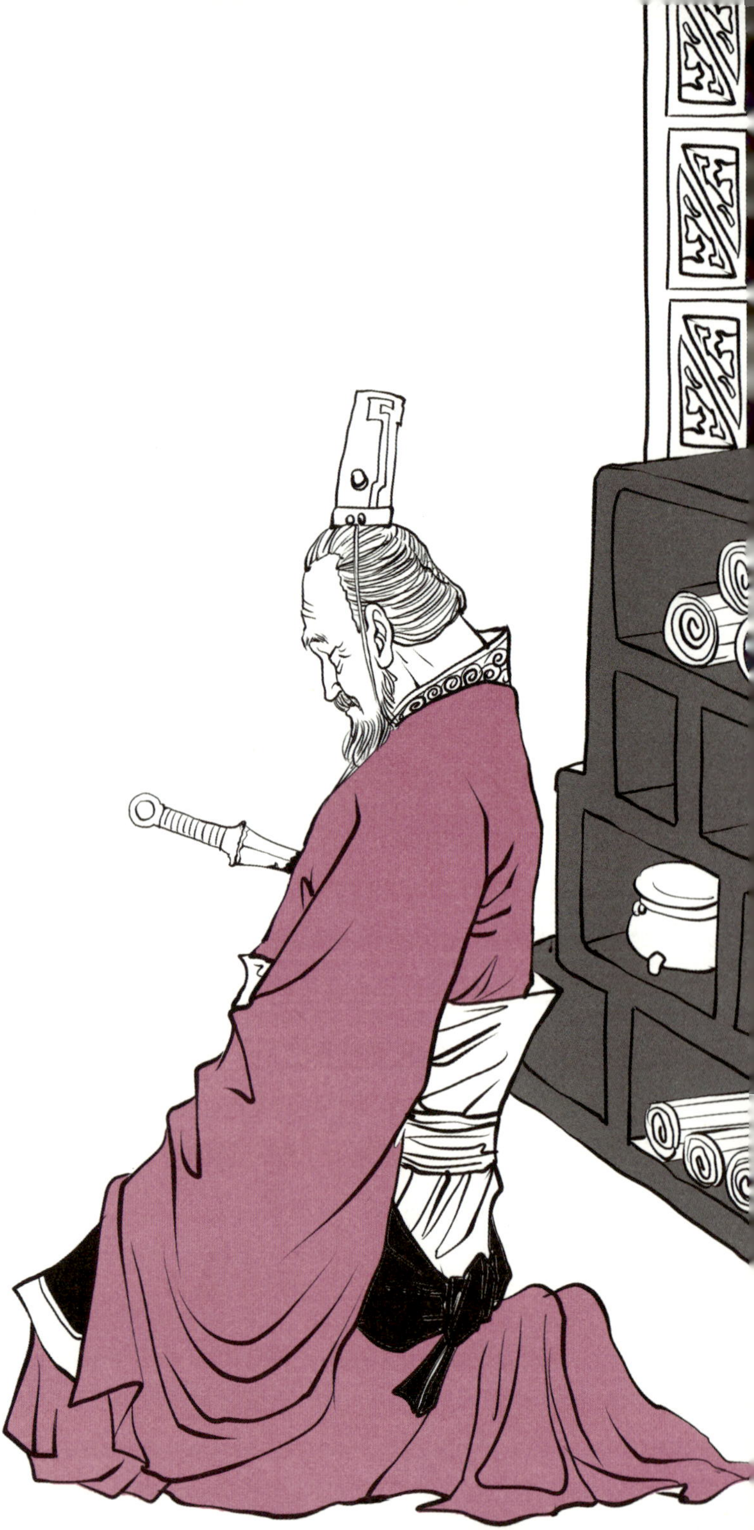

蒋帝神

原文诵读

梁旱甚,诏于蒋帝神求雨。十旬不降,帝怒,载荻焚庙,并其神影。尔日开朗,将欲起火。当神上,忽有云如伞盖,须臾骤雨。台中宫殿,皆自震动。帝惧,驰诏追停,少时还静。自此帝诚信遂深。自践祚比未曾到庙,于是备法驾,将朝臣修谒。时魏将杨大眼,来寇钟离。蒋帝神报敕,必许扶助。既而无雨,水暴涨六七尺,遂大克魏军。神之力也。凯旋之后,庙中人马脚皆有泥湿,当时并目睹焉。(出《南史》)

译文

南朝梁时大旱,皇帝下诏书向蒋帝神祈求下雨。过了一百天,没有降雨,皇帝大怒,用车拉着柴草想把庙和神像全烧了。那天的太阳明亮,将要点火,神庙的正上方,忽然有一块伞盖般的云彩飘了过来,顷刻之间大雨骤降。台中的宫殿,全都自己摇动起来。皇帝害怕了,急忙又下诏停止焚烧庙宇,一会儿,那宫殿便恢复了安静。从此,皇帝对神深信不疑。他从即位以来未曾到过庙里,于是准备法驾,带领朝臣前去拜谒。当时北魏将军杨大眼,前来侵犯钟离郡。皇帝又下诏去祭祀蒋

帝神，祈请扶助。当时虽然没有下雨，河水暴涨了六七尺，于是大败魏军。这就是神的力量啊。胜利归来后，庙中那些泥塑的人马足下都沾着湿泥，当时的人们都亲眼看见了。

读后感悟

古代帝王总以神仙附会而惑众，如果真有神仙护持，哪还会有朝代更迭？

李播

原文诵读

高宗将封东岳，而天久霖雨。帝疑之，使问华山道士李播，为奏玉京天帝。播，淳风之父也。因遣仆射刘仁轨至华山，问播封禅事。播云："待问泰山府君。"遂令呼之。良久，府君至，拜谒庭下，礼甚恭。播云："唐皇帝欲封禅，如何？"府君对曰："合封，后六十年，又合一封。"播揖之而去。时仁轨在播侧立，见府君屡顾之。播又呼回曰："此是唐宰相，不识府君，无宜见怪。"既出，谓仁轨曰："府君薄怪相公不拜，令左右录此人名，恐累盛德。所以呼回处分耳。"仁轨惶汗久之。

播曰:"处分了,当无苦也。"其后帝遂封禅。(出《广异记》)

译文

唐高宗要去泰山封禅,上天下了很久的雨。高宗有些疑惑,派人去询问华山道士李播,并想让他去玉京奏报天帝。李播,是李淳风的父亲。唐高宗派遣仆射刘仁轨来到华山,询问李播去泰山封禅的事情。李播说:"等我问问泰山府君。"随即,刘仁轨让他把泰山府君叫来。过了好久,泰山府君到来,在庭下行礼,礼节非常恭敬。李播说:"唐朝皇帝想去泰山封禅,怎么样?"府君回答说:"应该封禅,六十年之后,又该封禅一次。"李播向他行礼离开。当时刘仁轨在李播身旁站着,只见那府君连着瞅了他几眼。李播又把府君喊了回来,说:"这位是大唐的宰相,他不认识府君你,不要怪他。"府君出门之后,李播对刘仁轨说:"府君有点责怪你没有向他行礼,并让手下人记下了你的名字,我担心影响封禅那样的大德之事,所以把他喊回来嘱咐了他几句。"刘仁轨惶恐不安,流了好长时间的汗。李播说:"我已经跟他说好了,应该不会有问题。"这之后高宗顺利到泰山封禅。

读后感悟

道士李播,李淳风之父,隋末小官,后做了道士,于天文历算颇有成就,李淳风更是继承其父衣钵,较有作为。

王昌龄

原文诵读

开元中，琅琊王昌龄，自吴抵京国。舟行至马当山，属风便，而舟人云："贵识至此，皆令谒庙。"昌龄不能驻，亦先有祷神之备。见舟人言，乃命使赍酒脯纸马，献于庙，及草履致于夫人。题诗云："青骢一匹昆仑牵，奏上大王不取钱。直为猛风波滚骤，莫怪昌龄不下船。"读毕而过。当市草履时，兼市金错刀一副，贮在履内。至祷神时，忘取之。昌龄至前程，求错刀子，方知其误。又行数里，忽有赤鲤鱼，可长三尺。跃入昌龄舟中。呼使者烹之。既剖腹，得金错刀，宛是误送庙中者。（出《广博异志》）

译文

唐代开元年间，琅琊人王昌龄，从吴郡到达京城。船行到马当山时，被大风吹得不能行进，驾船的人说："权贵之人及有见识的人来到了这里，都要让他们来拜谒神庙。"王昌龄不能下船停驻，先前也做好了祈祷神灵的准备。听到驾船人的话，就让人把酒肉纸马献到庙上，将一双草鞋送给庙神的夫人。题了一首诗："青骢一匹昆仑牵，奏上大王不取钱。直为猛风波滚骤,莫怪昌龄不下船。"读完这首诗,船便顺利通过。当初王昌龄买草鞋时,同时还买了一把金错刀,放在了鞋内。等到向庙神祝祷时,忘了把错刀拿出来。王昌龄向前走了一程,想找错刀,这才知道弄错了。又向前行了几里地,忽然有一条三尺来长的红鲤鱼从水面跃起,跳到王昌龄的船上。王昌龄叫仆人烹了它。剖开鱼腹后一看,里面有把金错刀,仿佛就是被误献到庙上的那把。

读后感悟

"七绝圣手"王昌龄,英才天纵,音唱疏远,可惜冤死亳州。

村人陈翁

原文诵读

云朔之间尝大旱,时暑亦甚,里人病热者以千数。有甿(méng)陈翁者,因独行田间,忽逢一人,仪状甚异,擐金甲,左右佩弧矢,执长剑,御良马,朱缨金佩,光采华焕,鞭马疾驰。适遇陈翁,因驻马而语曰:"汝非里中人乎?"翁曰:"某农人,家于此已有年矣。"神人曰:"我天使,上帝以汝里中人俱病热,岂独骄阳之所为乎?且有厉鬼在君邑中。故邑人多病,上命我逐之。"已而不见。陈翁即以其事白于里人。自是云朔之间,病热皆愈。(出《宣室记》)

译文

云朔之间曾经大旱,当时暑气严酷,乡村里因为天热而生病的人数以千计。有位姓陈的种田老翁,独自一人在田里耕作,忽然遇见一个人,服饰奇异,穿着金铠甲,腰里带着弓箭,手执长剑,骑着高头大马,盔上戴着红缨,衣上佩着金饰,光彩耀人,骑马飞奔。恰逢陈翁,就停下来说:"你不是这个村的人吗?"陈翁说:"我是种田人,在这村已住多年了。"神人说:"我

是上天派来的使者，天帝见你们村里的人因天热生了病，难道仅仅是因为太阳太毒了吗？是你们村里有恶鬼作怪，所以村人生病，上帝命令我来驱逐他们。"很快就不见了。陈翁把这事告诉了村里人。从此，云朔一带因天热得病的人都痊愈了。

读后感悟

司马迁曰："劳苦倦极，未尝不呼天也。"人处于困境，没有不向上天呼唤求助的，因此上天派使者解除痛苦也就顺理成章，实乃人民之美好愿景。

郑䄖

原文诵读

穆宗有事于南郊,将谒太清宫。长安县主簿郑䄖主役,于御院之西序,见白衣老人云:"此下有井,正值黄帝过路,汝速实之。不然,罪在不测。"䄖惶遽,使修之。其处已陷数尺,发之则古井也。惊顾之际,已失老人所在。功德使护军中尉刘弘规奏之。帝至宫朝献毕,赴南郊,于宫门驻马。宰臣及供奉官称贺,遂命翰林学士韦处厚撰记,令起居郎柳公权,书于实井之上,名曰《望瑞感应纪》。仍赐郑䄖绯衣。

(出《唐统记》)

译文

唐穆宗将要到南郊,祭祀太清宫。当时长安县的主簿郑䄖负责皇帝的护卫和起居,他在行宫的西院值班,看到一个穿着白衣的老人对他说:"这下面有口井,正是皇帝要去过的地方,你快把他填上。不这样的话,你会犯下不测之罪。"郑䄖十分害怕,找人来修整。那地方已经陷下去了好几尺,挖开之后发现是一口古井。惊讶之余再去找白衣老人,已经不见了。当时功德使护军尉刘弘规把这事上奏给皇上。皇上在太清宫祭祀完毕，赶赴南郊，在宫门下马后。文武大臣都祝贺皇上，穆宗就命翰林学士韦处厚撰写文章，命当起居郎的柳公权写下来刻成碑，竖在那口填实后的古井上面，碑文名叫《望瑞感应纪》。皇上还特赏郑䚹穿红袍。

读后感悟

《唐会要》亦记有此事，不同处唯记穆宗为敬宗。细究此事，绝非神仙授意，实为郑䚹所自导自演的以求升迁之把戏。

滑能

原文诵读

唐咸通中，翰林待诏滑能，棋品最高。有张生者，年可四十，来请对局。初饶一路，滑生精思久之，方下一子，张随手应之，或起行庭际。候滑生更下，又随应之。及黄寇犯阙，僖宗幸蜀，滑将赴行在，欲取金州路入，张曰："不必前适，某非棋客，天帝命我取公棋耳。"滑惊愕，妻子啜泣，奋然而逝。(出《北梦琐言》)

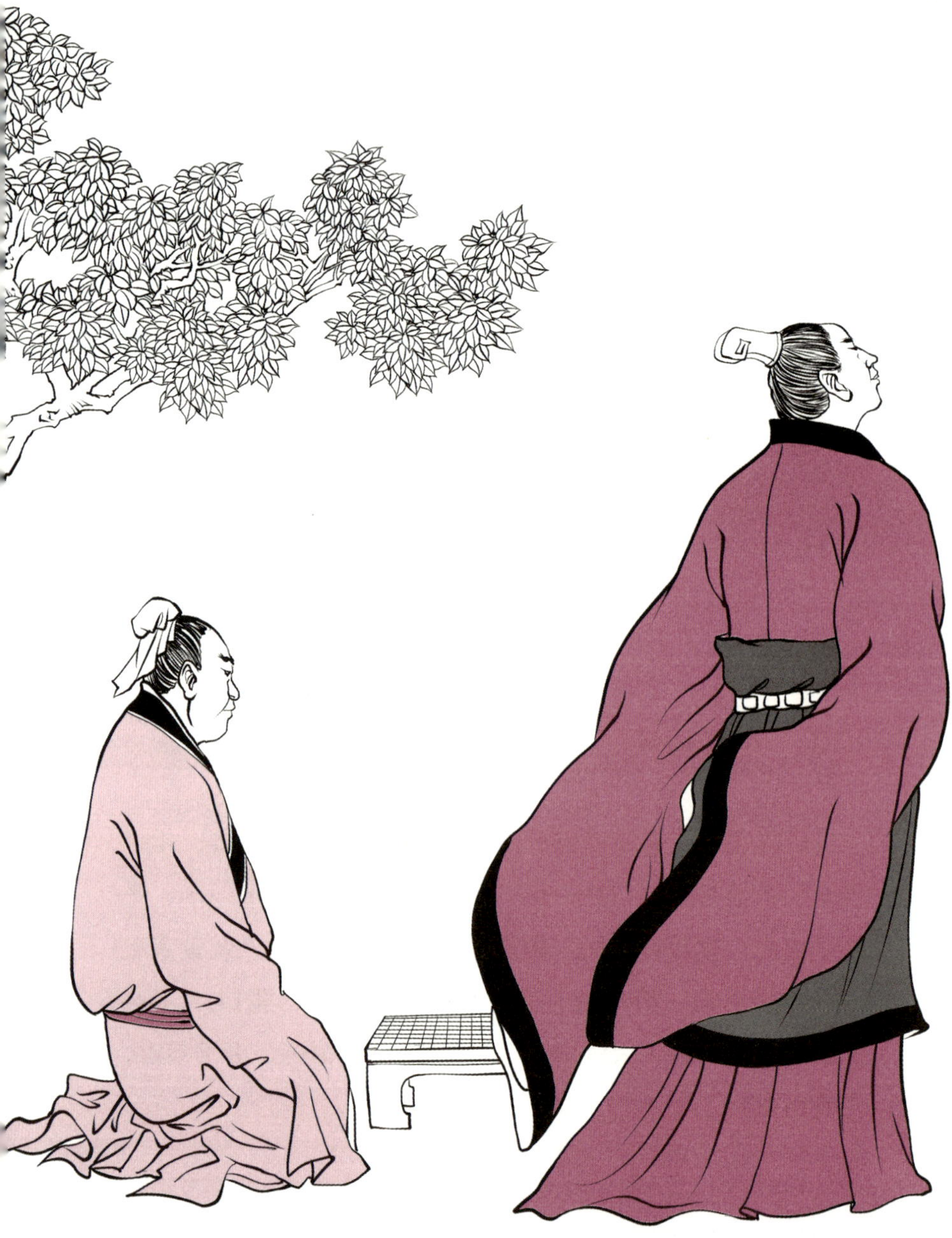

译文

唐朝咸通年间，翰林待诏滑能，最擅长下棋。有个张生，四十来岁，来请求和滑能下棋。张生开始就胜了一着，滑能就苦苦思考，想了很久才下一个棋子，张生立刻就对上一个，有时张生起来到院里散步，等滑能往棋盘上落子，张生又随即落子应对。后来黄巢侵犯长安，僖宗逃往蜀地，滑能赶赴皇帝行宫，想走金州这条路入川，张生说："你不必去了，我并不是棋手，是天帝命我来请你去下棋的。"滑能惊愕不已，他的老婆孩子都哭了起来，突然滑能就去世了。

读后感悟

翰林待诏滑能，实际上其官职是棋待诏，唐朝设立棋待诏之职位，招揽围棋高手，以供朝廷娱乐。

鬼

鲜于冀

原文诵读

后汉建武二年,西河鲜于冀为清河太守,作公廨(xiè),未就而亡。后守赵高,计功用二百万,王官黄秉、功曹刘适言四百万钱。冀乃鬼见,白日导从入府。与高及秉等,对共计校,定为适秉所割匿。冀乃书表自理,其略言:"高贵尚小节,亩垄之人,而踞遗类。研密失机,婢妾其性。媚世求显,偷窃狠鄙,有辱天官,《易》讥负乘,诚高之谓。臣不胜鬼言,谨因千里驿闻,付高上之。"便西北去三十里,车马皆灭,不复见。秉等皆伏地物故,高以状闻。诏下,还冀西河田宅妻子焉,兼为差代,以弥幽中之讼。(出《水经》)

译文

东汉建武二年,西河的鲜于冀担任清河郡太守,他修造官舍,还没建好就去世了。继任的太守赵高,向上面呈报说鲜于冀办这工程费用是二百万,王官黄秉、功曹刘适则说用了四百万。鲜于冀就突然现形,大白天的带着人进了太守府,和赵高、黄秉等人一笔笔地对账查工程费用,断定是黄秉等虚报贪污。鲜于冀就自己写了奏章向朝廷申诉。奏章中大致说:"高

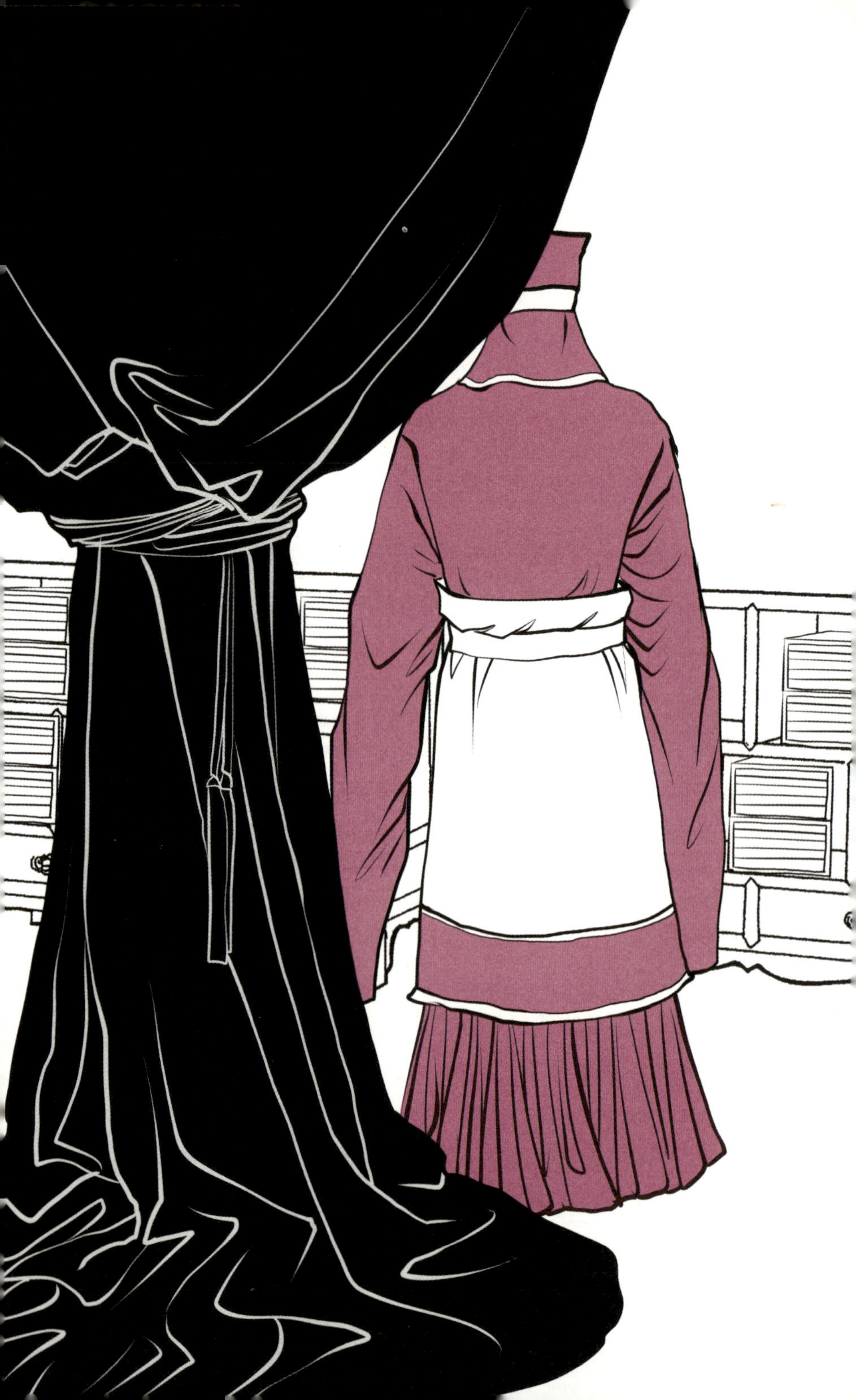

贵的人更重视小节，而乡野村夫，才贪便宜。婢妾一类的小人，再周密的谋划也有漏洞。他们这种卑鄙的贪污偷窃行为辱没了皇上的器重，也让人们笑话他们不配担任这样的公职，黄秉、刘适等人说，是我花了那么多钱，那么我现在虽然做了鬼也要申辩，现在我把我的奏章通过千里驿使呈交皇上，请赵高替我上奏。"然后往西北方三十多里，车马都消失不见了。黄秉等人都伏在地上死去，赵高把鲜于冀的奏章呈给皇帝。皇帝下诏，发还了被没收的鲜于冀在河西的庄园田宅和充为官婢的老婆孩子，并委官去接任工作，以弥缝阴间来的这场官司。

读后感悟

鲜于冀身后自证清白，冤屈得雪。王官、功曹谎报诬陷，身遭诛灭。

周翁仲

原文诵读

汝南周翁仲，初为太尉掾，妇产男，及为北海相，吏周光能见鬼，署为主簿，使还致敬于本郡县，因告之曰："事

讫，腊日可与小儿俱侍祠。"主簿事讫还，翁仲问之，对曰："但见屠人，弊衣蠡(li)髻而踞神坐，持刀割肉。有衣冠青墨绶数人，彷徨堂东西厢，不进，不知何故。"翁仲因持剑上堂，谓妪曰："汝何故养此子？"妪大怒曰："君常言，儿体貌声气喜学似我。老翁欲死，作为狂语。"翁仲具告之，祠祭如此，不具服，子母立截。妪泣涕言："昔以年长无男，不自安。实以女易屠者之男，畀钱一万。"此子年已十八，遣归其家。迎其女，已嫁卖饼者妻。后适西平李之思，文思官至南阳太守。（出《风俗通》）

译文

汝南人周翁仲，最初做太尉掾，妻子生了个男孩，后来周翁仲当上了北海相，相府的小吏周光能够看到鬼，被阴间授予主簿，并让他回阳间向本郡本县的官员致意，周翁仲于是对周光说："你办完事后，十二月祭神时可以和我的小儿一起祭祀我家祖先。"周光办完事回来后，周翁仲问他，他说："我在阴间只看见你儿子是个屠夫，穿着破衣、头上挽着瓢形的发髻坐在神位上，拿着刀在割肉。还有几个穿青衣坠黑流苏的人，在大堂东西厢房里徘徊，没有进去，不知是为什么。"周翁仲于是手持宝剑上堂对自己的老夫人说："你为什么生了这么个儿子？"老夫人大怒说："你常说，儿子的长相性格都像你。你这个老不死的，说什么疯话。"周翁仲就把儿子的事说了，并说这是阴间已定了的，如果不服气，母子的感情就立刻断绝。老夫人哭着说："当年因为我们年纪大了没有男孩，心里不安。实际上是把女孩和一个屠夫换了个男孩，并给了那屠夫一万钱。"现在这孩子已经十八了。就把那个男孩又送还给屠户家。想把女儿接回来，女儿已嫁给了一个卖饼的人做妻子。后来改嫁给西平的李文思，李文思官至南阳太守。

读后感悟

《礼经》云："古者四民世事，士之子恒为士。"周翁仲与屠夫交换儿女，屠夫之子至阴间仍操父业，亦"四民世事"之观念。

陆机

原文诵读

陆机初入洛，次河南，入偃师，时阴晦，望道左，若有民居，因投宿。见一少年，神姿端远，置《易》投壶。与机言论，妙得玄微。机心伏其能，无以酬抗，既晓便去。税骖逆旅，逆旅妪曰："此东十数里无村落，有山阳王家冢耳。"

机往视之，空野霾云，拱木蔽日。方知昨所遇者，信王弼也。(出《异苑》)

译文

陆机初次到洛阳，在河南府停留，进入偃师县，当时天色阴暗，看道旁好像有民房，于是进去投宿。他看见屋里有一个少年，神态姿势端正安闲，身旁放着一本《易经》，正在玩投壶游戏。少年和陆机谈起经书，谈得十分玄妙深奥。陆机心中十分赞佩他的才能，没法和少年对话辩论，第二天一早就上路。他到旅店去雇马，旅店的老妇人说："旅店以东十几里没有人家，只有山阳王家的一座坟墓。"陆机就前去察看，空旷的原野阴云密布，高大的树木遮住了阳光，才知道昨天遇见的少年，就是精通《易经》的王弼。

读后感悟

古人神交，异代同时。

周临贺

原文诵读

晋义兴人姓周，永和年中，出郭乘马，从两人行。未至村，日暮。道边有一新小草屋，见一女子出门望，年可十六七，姿容端正，衣服鲜洁。见周过，谓曰："日已暮，前村尚远，临贺讵得至？"周便求寄宿。此女为燃火作食。向一更，闻外有小儿唤阿香声，女应曰："诺。"寻云："官唤汝推雷车。"女乃辞行，云："今有事当去。"夜遂大雷雨。向晓女还，周既上马，看昨所宿处，只见一新冢，冢口有马尿及余草。周甚惊愕，至后五年，果作临贺太守。（出《法苑珠林》）

译义

晋朝的义兴有个姓周的人，永和年间，他和两个人一齐骑马出城。没到村落，天已经快黑了，见道旁有一座新盖的小草房，一个姑娘走出门来张望，年纪十六七岁，姿态容貌端庄，衣服鲜艳洁净。看见周某经过，姑娘说："天色已晚，前面的村子还远，临贺你怎么能走到呢？"周某就请求寄宿。姑娘为他点火做饭。将近一更时，听见外面有个小孩叫阿香的声音，姑娘回答说："诺。"外面小孩马上说："官家叫你去推雷车。"姑

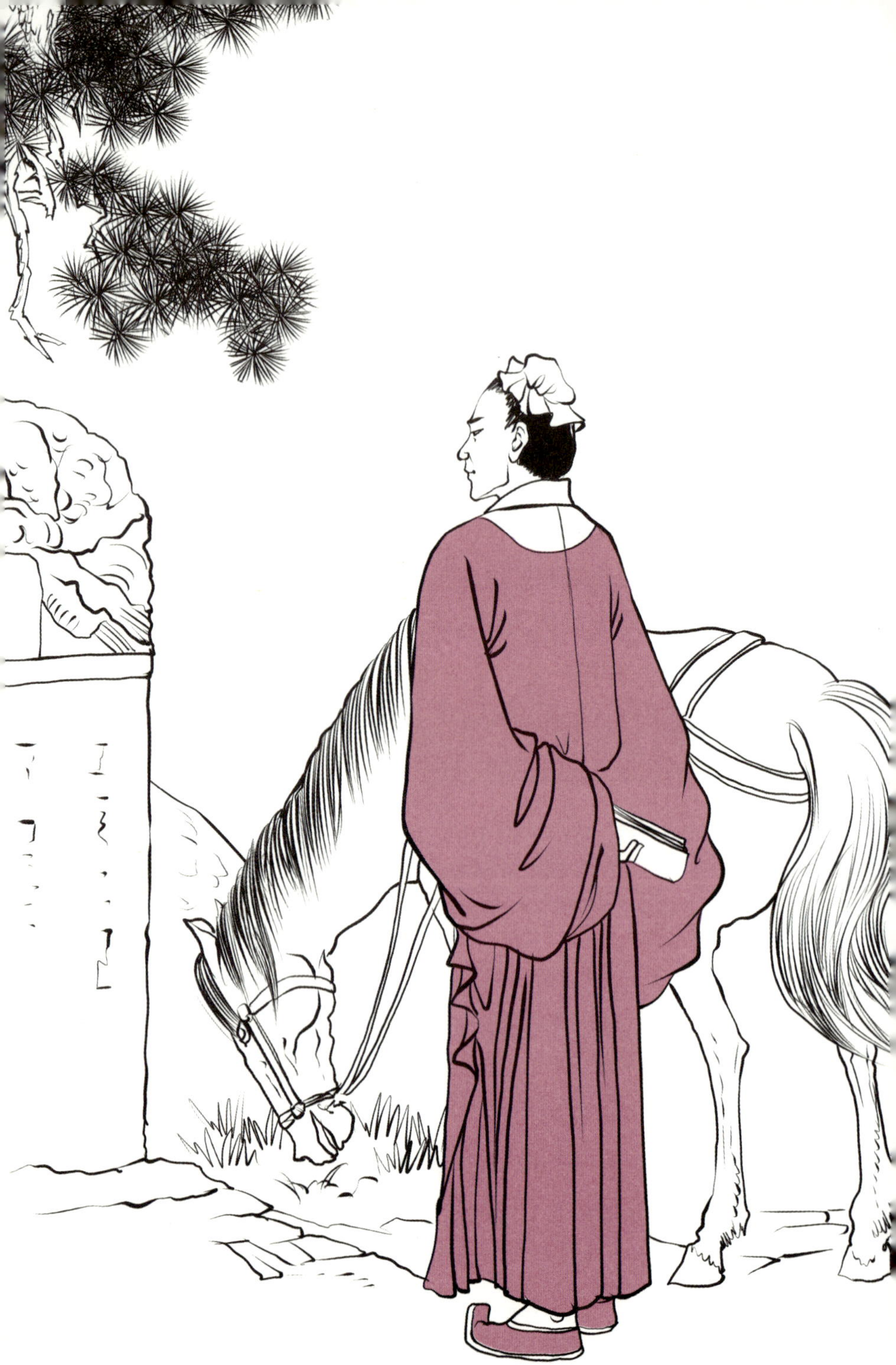

娘就向周某告辞说："我现在有事要离开。"晚上于是雷雨大作。天快亮时，姑娘回来，周某上了马，回头看昨晚住宿的地方，只看到一座新坟，坟口上有马尿和吃剩下的草料。周某非常吃惊叹息，五年之后，周某果然担任临贺太守。

读后感悟

周某奇遇，女子盖天上之雨神，有推雷车降雨之职。

襄阳军人

原文诵读

晋太元初，苻(fú)坚遣将杨安侵襄阳。其一人于军中亡，有同乡人扶丧归，明日应到家，死者夜与妇梦云："所送者非我尸，仓乐面下者是也。汝昔为吾作结发犹存，可解看便知。"迄明日送丧者果至。妇语母如此，母不然之。妇自至南丰细检他家尸，发如先，分明是其手迹。（出《幽明录》）

译文

晋朝太元初年,符坚派遣部将杨安攻打襄阳。有个人在战斗中阵亡,其同乡护送他的灵柩回乡,应该在第二天到家,死者晚上托梦给自己妻子说:"运回来的不是我的尸体,在仓乐脸朝下的才是我。你当初给我梳头结的发髻还留存着,你解开一看就知道了。"第二天,送丧的果然到了家。妻子把做的梦告诉母亲,母亲不信她的话。妻子就自己到南丰详细检查别家的尸体,那人的发髻和丈夫先前一样,分明是她亲手挽的。

读后感悟

人死托梦,才得以回归故里。狐死首丘,人心亦然。

张隆

原文诵读

宋永初三年，吴郡张隆家，忽有一鬼云："汝与我食，当相佑助。"后为作食，因以大刀斫其所食处，便闻数十人哭，哭亦甚悲，云："死何由得棺？"又闻云："主人家有破船，奴甚爱惜，当取为棺。"见取船至，有斧锯声。日既暝，闻呼唤举尸置船中，隆皆不见，惟闻处分。便见船渐升空，入云霄中。及灭后，复闻如有数十人大笑云："汝那能杀我也，但向以恶我憎汝，故隐没汝船耳。"隆便回意奉事此鬼，问吉凶及将来之计，语隆曰："汝可以大瓮著壁角中，我当为觅物也。"一口一倒，有钱及金银铜铁鱼腥之属。（出《幽明录》）

译文

南朝宋永初三年，吴郡张隆家里，忽然有个鬼，说："你给我东西吃，我就保佑帮助你。"之后，张隆给鬼做饭吃，然后用大刀猛砍鬼吃饭的地方，于是听见几十个人哭泣，哭声很是悲痛，听见说："死了上哪儿弄棺材去啊？"又听说："主人家有条破船，那人挺喜欢，就拿来做棺材吧。"然后就看见鬼把船抬来，并听见斧子、锯子的声音。天黑之后，只听得鬼们呼喊着把尸体放在船里，但张隆什么都看不见，只能听见鬼们在处置。随后看见那破船渐渐升起在空中，一直钻进云里了。等到消失以后，又听见好像有几十个人大笑，有人说："你哪里能杀得了我啊，只是因为先前害怕我憎恶你，所以才故意把你的船弄走罢了。"张隆就改了主意，开始敬奉这个鬼，并向鬼求问吉凶祸福的事，鬼对张隆说："你可以拿一个大坛子放在墙角，我会替你寻觅东西。"张隆十天倒一回坛子，里面就会有钱和金银铜铁以及鱼虾之类的东西。

读后感悟

鬼神怪异之事，全在人心。心有则有，心无则无。

孟襄

原文诵读

孟襄,字宝称,元嘉十一年,为吴宁令,其妻蔡氏,在县亡。未几,忽有推窗打户,长啸歌吟,撒掷燥土,复于空中挥运刀矛,状欲加人。数数起火,或发箱箧之内,衣服焦而外不觉。因假作蔡氏言语,一如平生。襄因问曰:"卿何以短寿?"答曰:"是天命耳。然有一罪,为女时曾宰一鸡,被录到地狱三日。闻人说铸铜像者可免,因脱金指环一双以助之,故获解免。"时县有巫觋者,襄令召而看之,鬼即震惧。良久,巫者云:"见二物,其一如豕,一似雄鸡,两目直竖。作亡人言是鸡形者。"时又有慧兰道人,善于咒术,即召之,令诵经咒。鬼初犹学之,有顷,失所在。(出《法苑珠林》)

译文

孟襄,字宝称,元嘉十一年担任吴宁县令,他的妻子蔡氏在吴宁县去世。没过多久,忽然有东西来推门敲窗,长声吟啸,还抛撒干土,又在空中挥舞刀枪,看样子是要伤害人。家里多次失火,有时打开衣箱,里面的衣物都被烧焦了,外面却看不出来。还有人模仿蔡氏说话,就像是平常说话那样。孟襄

就问鬼："你为什么活得这么短命？"鬼说："这是上天注定的。不过我曾犯过一个罪，未出嫁时曾杀过一只鸡，因此被判到地狱里待三天。后来听说铸铜像可以免罪，就把一双金指环捐助了，所以才免了下地狱的罪。"当时县里有巫师，孟襄就找来让他们察看，鬼知道后就很害怕。过了很久，两个巫师说："看见了两个怪物，一个像猪，另一个像公鸡，两眼直瞪瞪的。学死去的蔡氏说话的，是那只像鸡的怪物。"当时还有个慧兰道人，善于念咒驱鬼，孟襄就把道人找来，让他诵经念咒。鬼一开始还学道人念咒，过了一会儿，就消失了。

读后感悟

人鬼殊途，蔡氏捐铸铜像赎罪，虽免遭下地狱之苦，亦终不能再回人间。

幽州衙将

原文诵读

开元中，有幽州衙将姓张者，妻孔氏，生五子而卒。后娶妻李氏，悍妒狠戾，虐遇五子，且鞭捶之。五子不堪其

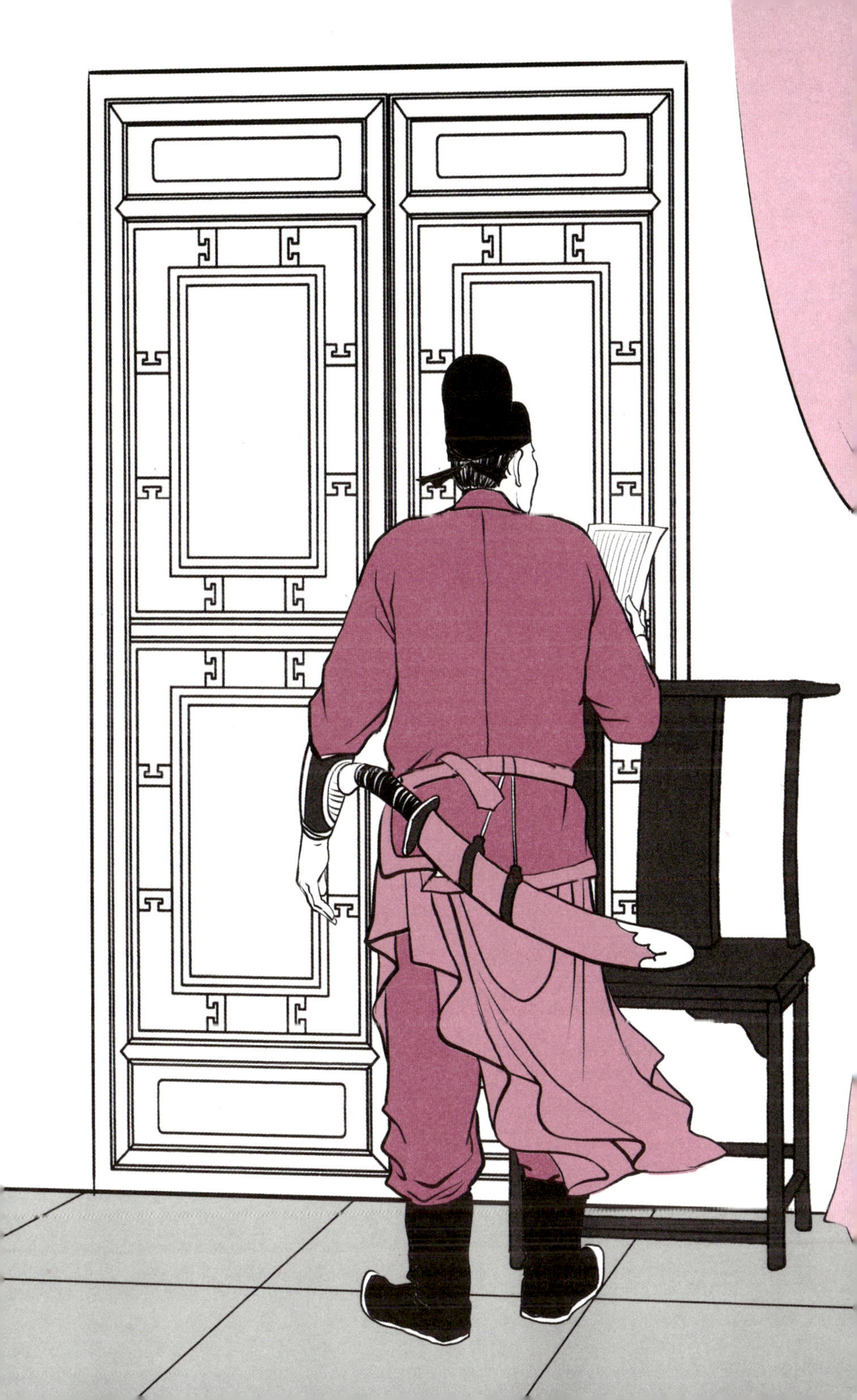

苦，哭于其母墓前，母忽于冢中出，抚其子，悲恸久之。因以白布巾题诗赠张曰："不忿成故人，掩涕每盈巾。死生今有隔，相见永无因。匣里残汝粉，留将与后人。黄泉无用处，恨作冢中尘。有意怀男女，无情亦任君。欲知肠断处，明月照孤坟。"五子得诗，以呈其父。其父恸哭，诉于连帅，帅上闻，勅李氏决一百，流岭南，张停所职。(出《本事诗》)

译文

开元年间，幽州有个姓张的衙将，他有妻子孔氏，生了五个孩子后去世了。张某后来又娶了个妻子李氏，凶暴嫉妒、蛮横乖戾，虐待五个孩子，并用鞭子打他们。五个孩子忍受不了这痛苦，就去他们母亲的坟墓前哭泣，母亲忽然从坟墓里出来，抚摸她的孩子，悲痛哭泣了很久，于是在白布巾上写诗赠给张某说："不忿成故人，掩涕每盈巾。死生今有隔，相见永无因。匣里残汝粉，留将与后人。黄泉无用处，恨作冢中尘。有意怀男女，无情亦任君。欲知肠断处，明月照孤坟。"这五个孩子得到诗，来呈给他们父亲，他们父亲向连帅痛哭诉说这事，连帅又上奏给皇上，皇上下诏，判决李氏受刑一百杖，流放到岭南。张某也被停职。

读后感悟

人间至性，无如母亲爱其子者。

武丘寺

原文诵读

苏州武丘寺,山嵚崟(qīn yín),石林玲珑,楼雉叠起,绿云窈窕,入者忘归。大历初,寺僧夜见二白衣上楼,竟不下,寻之无所见。明日,峻高上见题三首,信鬼语也。其词曰:"幽明虽异路,平昔忝工文。欲知潜寐处,山北两孤坟。"(其二示幽独居)"高松多悲风,萧萧清且哀。南山接幽陇,幽陇空崔嵬。白日徒煦煦,不照长夜台。谁知生者乐,魂魄安能回。况复念所亲,恸哭心肝摧。恸哭更何言,哀哉复哀哉。"(其三答处幽子)"神仙不可学,形化空游魂。白日非我朝,青松围我门。虽复隔生死,犹知念子孙。何以遣悲惋,万物归其根。寄语世上人,莫厌临芳樽。"庄上有墓林,古冢累累,其文尚存焉。(出《通幽记》)

译文

苏州武丘寺,在高耸的山间,石林精巧玲珑,楼台和城墙叠起,绿云缥缈,进来的人都忘了回去。大历初年,寺里的僧人夜里见两个穿白衣服的人上楼,一直没有下来,去找他们也没找到。第二天,高山上有题诗三首,都是鬼的语言。其词

是:"幽明虽异路,平昔忝工文。欲知潜寐处,山北两孤坟。"(其二示幽独居)"高松多悲风,萧萧清且哀。南山接幽陇,幽陇空崔嵬。白日徒煦煦,不照长夜台。谁知生者乐,魂魄安能回。况复念所亲,恸哭心肝摧。恸哭更何言,哀哉复哀哉。"(其三答处幽子)"神仙不可学,形化空游魂。白日非我朝,青松围我门。虽复隔生死,犹知念子孙。何以遣悲惋,万物归其根。寄语世上人,莫厌临芳樽。"庄上有块墓地,古墓累累,那几首诗文尚且还在那里。

读后感悟

诗句情深自然,虽阴阳相隔,读之令人感叹不已。

赵叔牙

原文诵读

贞元十四年戊寅夏五月旱,徐州散将赵叔牙移入新宅。夜中,有物窗外动摇窗纸声,问之,其物自称是鬼,"吴时刘得言,窟宅在公床下,往来稍难,公为我移出,城南台雨山下有双大树,是我妻墓,墓东埋之。后必相报"。叔牙明

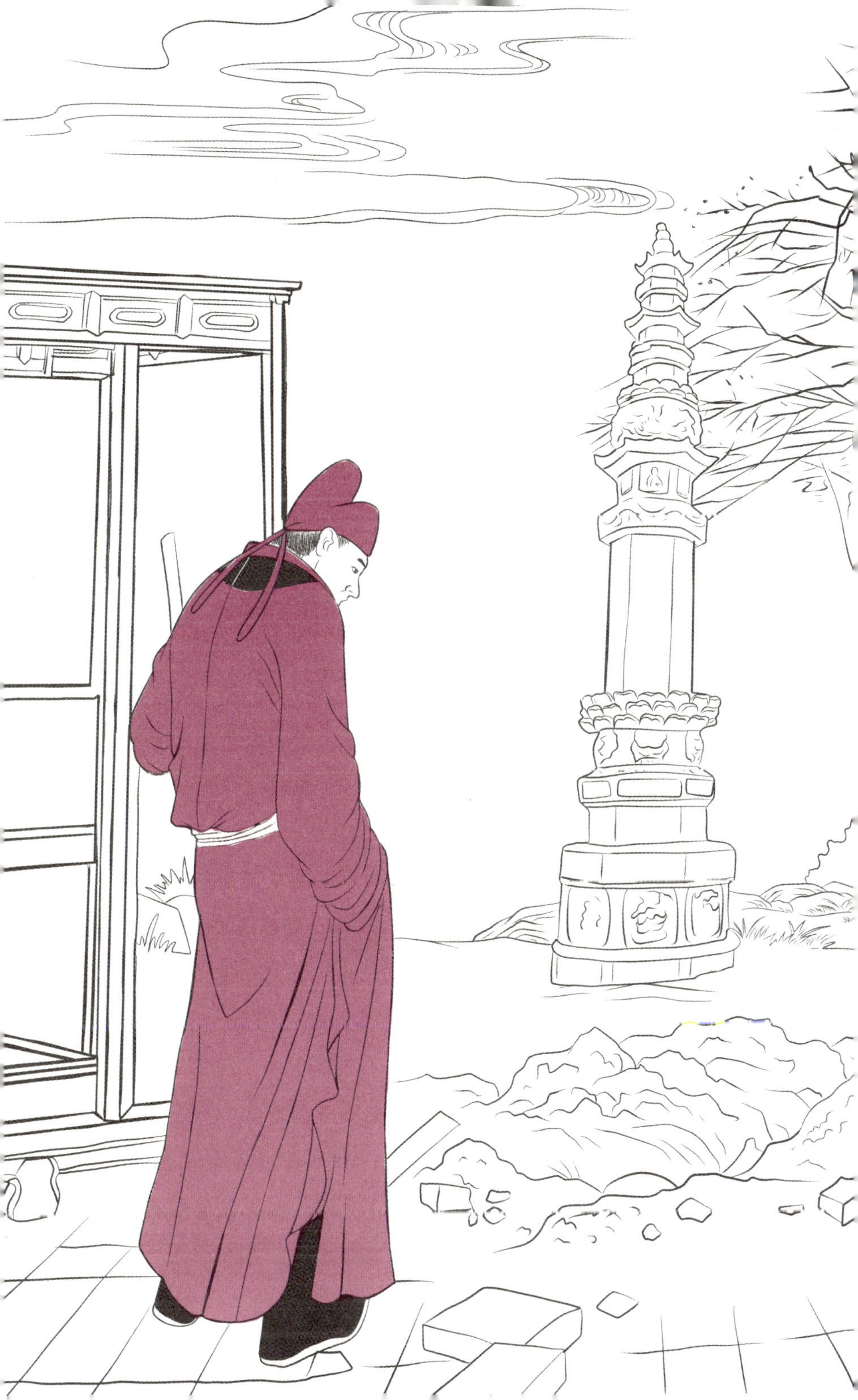

旦出城，视之信。即日掘床下，深三尺，得骸骨，如其言葬之。其夜，鬼来言谢，曰："今时旱，不出三日有雨，公且告长史。"叔牙至明通状，请祈雨，期三日雨足。节度使司空张建封许之，给其所须，叔牙于石佛山设坛。至三日，且无雨，当截耳。城中观者数千人，时与寇邻，建封以为诈妄有谋，晚衙杖杀之。昏时大雨，即令致祭，补男为散骑。时人以为事君当诚实，今赵叔牙隐鬼所报雨至之期，故自当死耳。（出《祥异记》）

译文

贞元十四年戊寅夏五月，天气大旱，徐州散将赵叔牙搬进新的住宅。半夜时分，听到有东西在窗外摇动窗纸的声音。问它，那东西自称是鬼，"是吴时的刘得言，窟穴在你的床下，出入有些困难，你把我移出来，城南台雨山下有两棵大树，是我妻子的坟墓，把我埋在墓东边。以后一定报答你"。叔牙第二天早上出城，看了确实如他所说。当天就挖掘床下，挖了三尺深，挖得骸骨，按着他要求埋葬了。那天夜里，鬼来道谢，说："现在大旱，不出三天就有雨，你可以告诉长史。"叔牙到天明向上通报，请求祈雨，约定三天期限雨下足。节度使司空张建封答应他，给他所必要的东西，叔牙在石佛山设置祭坛。到了第三天，还没有下雨，到了截止时间。城里观看的有几千人，当时与盗寇邻近，建封认为是欺骗虚妄，另有图谋，晚上在衙门用杖打死了他。天黑时下了大雨,就让给他祭奠,补任他儿子做散骑。当时人认为事奉君上应当诚实,现在赵叔牙隐瞒鬼所报的下雨的时间,所以自己应该死去。

读后感悟

赵叔牙得鬼神之助,然隐瞒实情,到期而雨不至,身受杖而死,虽有冤屈,不为无因。

淮西军将

原文诵读

元和末,有淮西军将,使于汴州,止驿中。夜久,眠将熟,忽觉一物压己,军将素健,惊起,与之角力,其物遂退,因夺得手中革囊。鬼暗中哀祈甚苦,军将谓曰:"汝语我物名,我当相还。"鬼良久曰:"此蓄气袋耳。"军将乃举甓(pi)击之,语遂绝。其囊可盛数升,绛色,如藕丝,携于日中无影。(出《酉阳杂俎》)

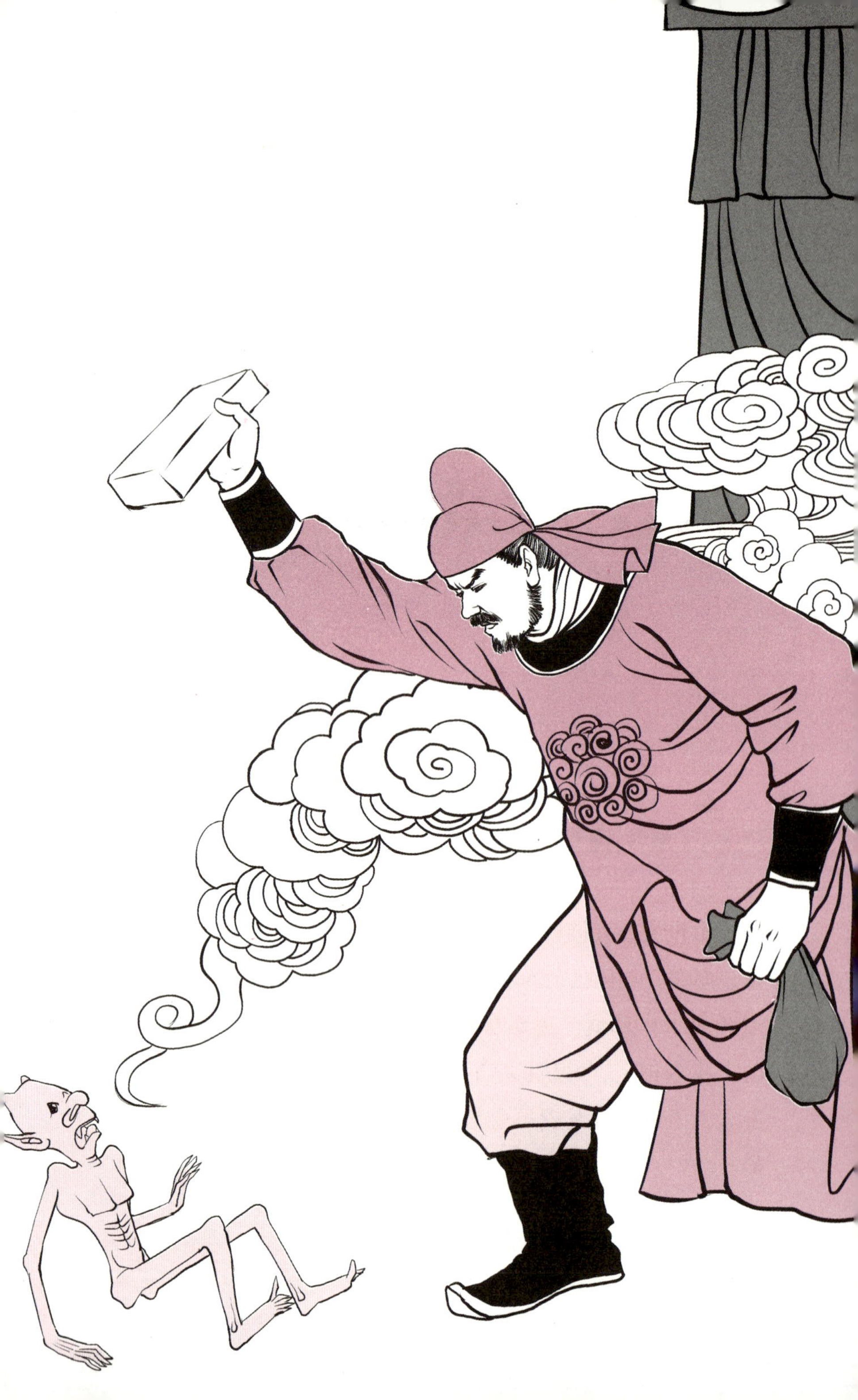

译文

元和末年,有位淮西军将,到汴州出使,住在驿馆。夜深,将要熟睡,忽然觉得一物压着自己,军将向来健壮,猛地起身,和那东西力争,那东西退却,军将夺得它手中的皮袋。鬼暗中苦苦祈求,军将对它说:"你告诉我这物品的名字,我就还给你。"鬼过了很久才说:"这是蓄气袋。"军将就举起砖头击打它,话语就断绝了。那袋可盛好几升东西,绛色,像藕丝制成,拿到太阳底下没有影子。

读后感悟

《搜神记·宋定伯捉鬼》所记与此类似。先探明鬼之要害,遂擒拿之。

送书使者

原文诵读

昔有送书使者,出兰陵坊西门,见一道士,身长二丈

余,长髯危冠。领二青裙,羊髻,亦长丈余。各担二大瓮,瓮中数十小儿,啼者笑者,两两三三,自相戏乐。既见使者,道士回顾羊髻曰:"庵庵。"羊髻应曰:"纳纳。"瓮中小儿齐声曰:"嘶嘶。"一时北走。不知所之。(出《河东记》)

译文

从前有个送书信的使者,出了兰陵坊西门,看见一个道士,身高二丈多,胡须很长,帽子很高。他带两个穿黑裙子的人,梳着羊角辫,也一丈多高。二人各挑着两个大瓮。瓮里有几十个小孩,哭的笑的,三三两两,互相游戏。看见使者后,道士回头看羊髻说:"庵庵。"羊髻答应说:"纳纳。"瓮里的小孩齐声说:"嘶嘶。"他们立刻向北跑,不知去了哪里。

读后感悟

观道士与羊髻问答,可知瓮中小孩大概是小羊所变化的。

鬼

豫章中官

原文诵读

天复甲子岁,豫率居人近市者,夜恒闻街中若数十人语声,向市而去,就视则无人。如是累夜,人家惴恐,夜不能寐。顷之,诏尽诛阉官,豫章所杀,凡五十余。驱之向市,骤语喧噪,如先所闻。(出《稽神录》)

译文

唐昭宗天复甲子年,豫章城中靠近集市居住的人们,夜里常常听到街上有几十个人说话,朝着集市走去的声音,开门去看则看不见人。像这样过了好几夜,居民都很惊恐,夜里都睡不着觉。不久之后,就听说皇帝下诏诛杀全部的宦官。豫章城中被诛杀的共有五十多个。把这些太监绑赴集市行刑时,一时间听到他们大声喧哗吵闹,就像先前所听到的那样。

读后感悟

凡事发生必先有征验,唯有察与不察而已。

夜叉

江南吴生

原文诵读

有吴生者,江南人。尝游会稽,娶一刘氏为妾。后数年,吴生宰县于雁门郡,与刘氏偕之官。刘氏初以柔婉闻,凡数年。其后忽旷烈自恃不可禁,往往有逆意者,即发怒。殴其婢仆,或啮其肌血且甚,而怒不可解。吴生始知刘氏悍戾,心稍外之。尝一日,吴与雁门部将数辈猎于野,获狐兔甚多,致庖舍下。明日,吴生出,刘氏即潜入庖舍,取狐兔生啖(dàn)之。且尽,吴生归,因诘狐兔所在,而刘氏俯然不语。吴生怒,讯其婢,婢曰:"刘氏食之尽矣。"生始疑刘氏为他怪。旬余,有县吏,以一鹿献,吴生命致于庭。已而吴生始言将远适,既出门,即匿身潜伺之。见刘氏散发袒肱,目眦尽裂,状貌顿异,立庭中,左手执鹿,右手拔其脾而食之。吴生大惧,仆地不能起。久之,乃召吏卒十数辈,持兵仗而入。刘氏见吴生来,尽去襦袖,挺然立庭,乃一夜叉耳。目若电光,齿如戟刃,筋骨盘蹙,身尽青色,吏卒俱战栗不敢近。而夜叉四顾,若有所惧。仅食顷,忽东向而走,其势甚疾,竟不如所在。(出《宣室志》)

译文

有位姓吴的年轻人,是江南人。他曾经到会稽游览,娶了一个姓刘的女子做妾。几年之后,吴生到雁门郡做县令,和妻子刘氏一起去上任。刘氏当初以温婉知名,过了几年,忽然变得暴躁乖戾,自己也无法控制。往往稍有违背她的心意的,就大发雷霆。殴打仆人婢女,有时用牙齿咬得仆人鲜血直流,而怒气仍不能消解。吴生这才知道刘氏凶悍乖戾,内心渐渐疏远了她。有一天,吴生和雁门郡的几位部将到野外打猎,猎得很多狐狸兔子,放在厨房里。第二天,吴生外出,刘氏就偷偷跑到厨房,抓起狐狸、兔子就生啃。快要吃完时,吴生回来了,责问猎来的野物在哪里,而刘氏低头不语。吴生很生气,就责问婢女,婢女说:"被刘氏吃完了。"吴生这才开始怀疑刘氏是妖怪。过了十多天,有位县里的官吏,献给吴生一头鹿,吴生让放在院子里。之后,吴生对刘氏说自己要出远门,出门之后,就藏起身来偷看。只见刘氏散发露臂,瞪大双眼,样子和平时大不一样。她站在庭院里,左手抓着鹿,右手掏出鹿的脾脏就吃了起来。吴生大为害怕,倒在地上站不起来。过了好久,吴生召来了十几名官员和士兵,拿着武器冲进庭院。刘氏见吴生前来,脱去了衣服,直挺挺地站在院子里,原来是个夜叉。她目光如电,牙齿像戟的尖刃,筋骨突露,全身都是青色,那些官吏士兵都吓得不敢靠前。那夜叉四处观望,好像

也有些害怕。过了一顿饭的工夫，夜叉突然向东逃跑，十分急促，最终不知去了哪里。

读后感悟

鬼魅秽物，化身人性，虽形貌相类，心思终不能相同。

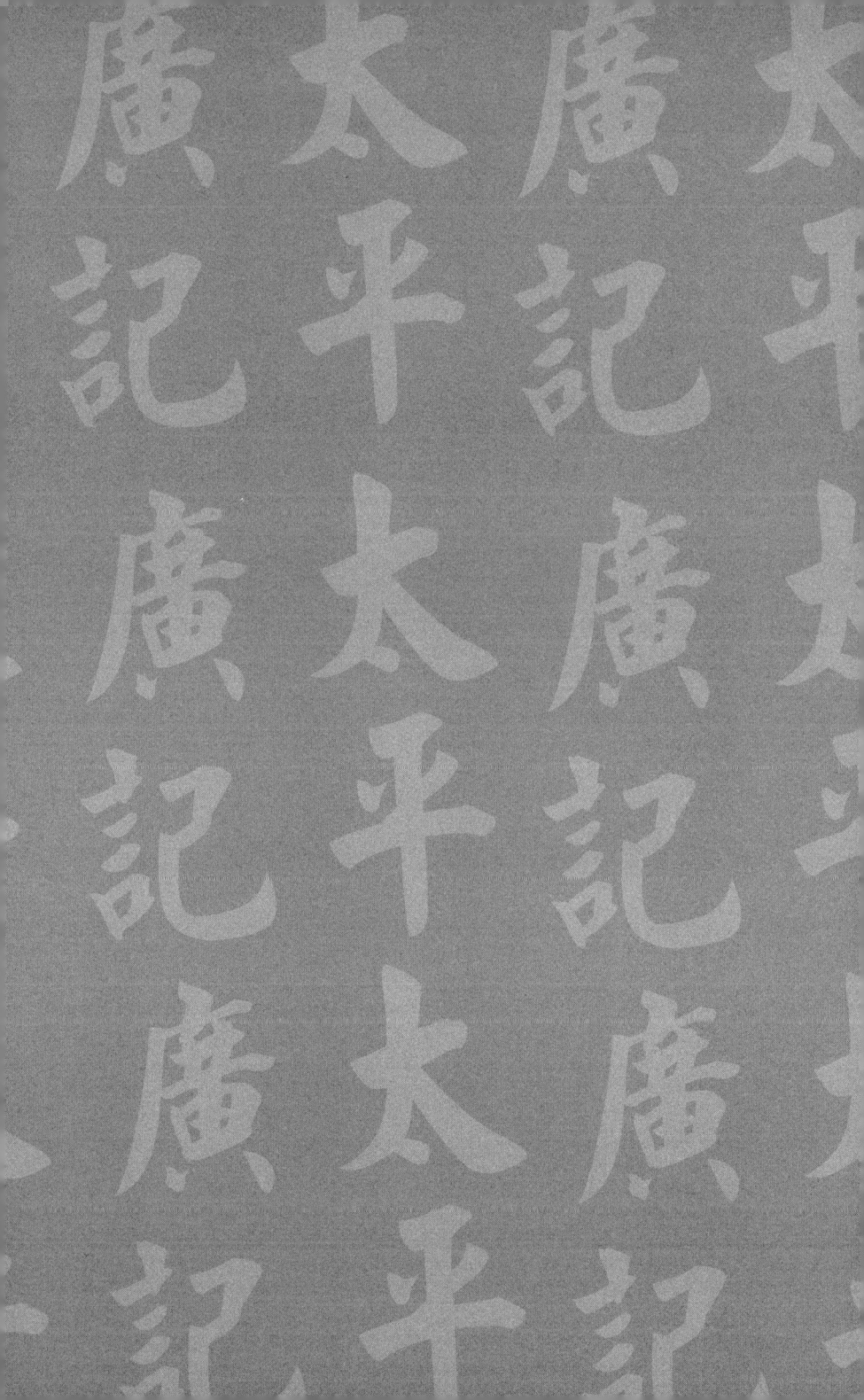